心灵悦读

张玉蕾／主编

Awaken the Dream in Your Heart

震撼心灵的战争故事

江苏凤凰美术出版社

图书在版编目（CIP）数据

震撼心灵的战争故事 / 张玉蕾主编 . -- 南京 : 江苏凤凰美术出版社 , 2018.8（2021.1 重印）
（心灵悦读）
ISBN 978-7-5580-3428-2

Ⅰ . ①震… Ⅱ . ①张… Ⅲ . ①故事—作品集—世界 Ⅳ . ① I14

中国版本图书馆 CIP 数据核字 (2017) 第 285340 号

责任编辑 李秋瑶
封面设计 宋双成
版式设计 文贤阁
责任监印 唐　虎

丛 书 名 心灵悦读
书　　名 震撼心灵的战争故事
主　　编 张玉蕾
出版发行 江苏凤凰美术出版社（南京市湖南路 1 号　邮编：210009）
出版社网址 http://www.jsmscbs.com.cn
印　　刷 三河市嘉科万达彩色印刷有限公司
开　　本 710mm × 1000mm　1/16
印　　张 14
版　　次 2018 年 8 月第 1 版　2021 年 1 月第 2 次印刷
标准书号 ISBN 978-7-5580-3428-2
定　　价 29.00 元

营销部电话 025-68155675
江苏凤凰美术出版社图书凡印装错误可向承印厂调换

前言 / PREFACE

在清闲午后或落日黄昏，抚一本充满阳光气味的书，满载情感的文字撞击着我们的心灵：亲情故事让我们感悟、分享亲情，它是滋养我们心灵的情感雨露；感恩故事让我们懂得什么是爱，它调出我们生活的好心态；智慧故事是我们最珍贵的礼物，它用灵动的思维让一个手无寸铁的人战胜巨大的困难；名人故事让我们欣赏名人的成功之处，借鉴名人的智慧……

一本好书可以影响一个人的一生；一本有价值、有思想的书，能够使我们成长，给我们感悟，让我们从一个起点到达另一个更高的新的起点。中学时代正是增长知识、开拓眼界的时期，更应该用现有的智慧、用书来充实自己，在心与心的对话、情与情的交融、理与理的辩证中，认识社会，感悟生活，美化人生，绽放生命的光彩！为此，我们精心编写了这套《心灵悦读》，针对心态、淡泊、宽容、尊重、爱、友谊、善良等重大人生课题，用启迪思想的哲理和触动情感的文字，启迪青少年朋友的心灵，让他们拓展视野，增长知识，理解学习和生活的意义，在积极主动的思维和情感活动中受到熏陶，更加热爱生活，让生命更精彩！

启迪心智灵感，点拨智慧人生。快乐心灵的故事犹如灿烂的阳光，可以温暖青少年朋友成长的岁月；温馨快乐的言语犹如汩汩清泉，可以滋养青少年朋友的心田；字里行间闪现的智慧之光，可以为青少年朋友指明前进的方向。

我们诚挚地期望，本书能够陪同青少年朋友快乐成长，洗涤心灵，提升人生品位，打造成功的健康人生、理想的阳光人生。

囿于编者水平，加之时间仓促，难免有挂一漏万之憾，敬请读者朋友们指正，在此我们深表谢意！

目录

CONTENTS

第一章　古代篇

第二章　近代篇

第三章　现代篇

第一章

古代篇

兵车辚辚，战马嘶嘶，箭如飞蝗，炮火冲天……古代的战争是以冷兵器和火炮为主的，战争双方的交锋都是肉搏战，战况十分惨烈。

卡叠什战役

名 | 家 | 心 | 语

没有将军与我在一起，也没有战车，没有步兵，没有持盾侍从。

——（古埃及）拉美西斯二世

古埃及是世界上历史最悠久的文明古国之一，位于非洲东北部的尼罗河谷地，其疆域向东扩展到西亚的巴勒斯坦和叙利亚一带。埃及从古王国时代起就发动过对叙利亚和巴勒斯坦的侵略战争，从那里掠夺了许多人口充当他们的奴隶。进入新王国时期，埃及的对外扩张达到了空前的规模。

赫梯是公元前2000年左右在小亚细亚出现的印欧语系民族，大体来自黑海以北地区。这是一个骁勇善战的古代民族，他们最早发明了铁制武器，常常攻打周边国家和民族。公元前16世纪，赫梯人打垮了强大的古巴比伦帝国，攻陷了其首都巴比伦；公元前15世纪，进入鼎盛时期的赫梯帝国又占领了腓尼基，入侵了叙利亚和巴勒斯坦。为了建立在西亚的霸权，赫梯人步步紧逼驻扎于西亚的埃及军队。

公元前1298年，埃及第19王朝法老拉美西斯二世再也无法容忍赫梯人的挑衅了，决心与赫梯人决一雌雄。经过5年的精心准备，拉美西斯二世积蓄了丰

词语百宝箱

挑衅　决一雌雄

厚的财力和物力，组建了 4 个军团，均以神的名字命名，即阿蒙、拉、普塔赫和塞特。每个军团约 5000 人，其核心是战车手、弓箭手和投枪手，目标直接对着赫梯人。

几乎与拉美西斯二世同时，赫梯王穆瓦塔里也在紧锣密鼓地实施进攻埃及的计划。赫梯王穆瓦塔里派出了探子到处打听埃及的进军情况，并且派遣了奸细给埃及人提供假情报。

这天，穆瓦塔里正与臣下商议进攻方案的时候，接到边境守军的报告：埃及法老拉美西斯率领 10 万大军向赫梯发动了进攻。

拉美西斯的兵马有 10 万之众，而穆瓦塔里手中只有 4 万精兵，以 4 万人的力量抵挡 10 万人的进攻，赫梯王的心里难免少了点儿底气。

穆瓦塔里大声问道："谁有退敌妙计！"他焦急地看着下面的大臣们。一个叫纳丁的将军站起来说道："臣倒有一计。"接着，纳丁就在国王的耳边详细地说了自己的计划，穆瓦塔里听了频频点头，当即同意了纳丁的作战方案。

依据纳丁的作战方案，赫梯王率领部队火速赶往赫梯帝国的南部要塞卡叠什城。卡叠什城建在半山腰上，山脚左边是一条通向大海的大道，右边则是深不可测的茫茫山谷。穆瓦塔里很快制定了以卡叠什为中心的扼守要点，以逸待劳，诱敌深入，粉碎埃军北进企图的作战计划。为此，赫梯集结了包括 2500 ～ 3500 辆双马战车在内的 2 万余人的兵力，隐蔽配置于卡叠什城堡内外，拟诱敌进入伏击圈后，将其一举歼灭。

埃及的阿蒙神军团和拉神军团、普塔赫神军团和塞特神军团在拉美西斯二世的率领下一路势如破竹，未遇到赫梯军的任何抵抗，浩浩荡荡直

词语百宝箱

紧锣密鼓　深不可测
以逸待劳　势如破竹
浩浩荡荡

奔卡叠什而来。拉美西斯二世乘坐一辆十分华丽的战车，四周镶嵌着黄金和宝石，在晨曦中光彩夺目。

这时，一个卫兵报告抓到了两个间谍，这是两个赫梯骑兵，奉命借被俘之机，向埃及人提供假情报。他们说，赫梯王为了避免冲突，已经命令军队退出卡叠什城了。当时，毫无战争经验的拉美西斯二世闻之大喜，立即下令全军加速向卡叠什进发。途中，他嫌部队行进太慢，便抛开大队，带着身边的阿蒙神军团，向卡叠什冲去。这时，拉神军团尚在前往卡叠什的途中，其他两个军团仍在萨不图纳以南按兵不动。

穆瓦塔里见埃及人已经上当，便命令2500辆战车迅速包抄到埃及军团后方，突袭正在行进中的埃及拉神军团，拉神军团被打了个措手不及，很快被赫梯人击溃。随后，赫梯战车调转车头，又包抄了拉美西斯二世所带领的阿蒙神军团的后路。

拉美西斯二世正在和部下商议如何进攻卡叠什城，万没想到赫梯人居然会从自己的后方杀来，顿时乱了阵脚。赫梯人如潮水般涌进了埃及军营。

拉美西斯二世一看不好，带着大臣们上马便逃。这时有一队赫梯的骑兵追了过来。拉美西斯二世大叫："快把我的护狮放出来！"原来，拉美西斯二世养了一群护身的狮子，到了生死关头，便把他救命的最后一招使了出来。果然，赫梯骑兵一见狮子冲了过来，回头便逃，拉美西斯二世总算为自己赢得了喘息的时间。

赫梯王下令发动新的进攻，他把剩下的战车和士兵全部投入了战斗。埃及人殊死抵抗，卡叠什城郊到处是双方士兵的尸体。埃及部队人数愈来愈少了，到太阳落山的时候，赫梯军队眼看就要胜利了。突然，他们的后方出现了骚乱，原来，埃及的普塔赫神军团、塞特神军团赶来了。拉美西斯二世和埃及士兵见援军赶到，顿时勇气倍增，一阵前后夹击，终于杀出了重围。赫梯人因为兵力不济，也无力再战，只好收兵退入卡叠什城堡。

公元前 1269 年，老态龙钟的赫梯国王穆瓦塔里一病不起。一年后，他的弟弟、新任国王哈图西里斯派使者带着一块银板去了埃及。此时，满头白发的拉美西斯二世正欲向赫梯发动第 28 次进攻，卫兵向他报告赫梯人来了。当拉美西斯二世远远看见赫梯使者手中闪闪发光像磨盘一样的东西时，心里犯起了嘀咕：“难道赫梯人又造出什么新的武器了？”

等赫梯的使者恭敬地向拉美西斯二世呈上那闪闪发光的银板时，拉美西斯二世震惊了。这是赫梯人刻在银板上的战争和约。银板的开头刻有：“伟大而勇敢的赫梯人领袖哈图西里斯”“伟大而勇敢的埃及统治者拉美西斯”，下面则是和约的详文：“确立两国间的和平；互相信任，永不交战；一国若受到其他国家的欺凌，另一国应出兵支援”。条约还规定了任何一方都不许接纳对方的逃亡者，彼此保证互有引渡逃亡者的义务等条款。拉美西斯二世深受感动地接过了这块银制字板，表示接受赫梯人提出的和平条约。条约签订后，赫梯王还将长女嫁给了拉美西斯二世，进一步巩固了双方的同盟关系。

战事余波

卡叠什大战是西方文明史上有文字记载的最早的会战，战后缔结的和约是迄今为止最古老的国际军事条约文书，使埃及和赫梯两国之间的和平维持了几百年，也为此后人类历史上的一切战争找到了一种和平解决的形式。

城濮之战

名|家|心|语

晋文公的主要功绩是城濮之役遏住了楚国，使他们不得向北发展。

——顾诵坤

春秋之际，诸侯纷争。晋献公年老体弱，无力过问国事，他的宠妃骊姬便擅自废除长子重耳，把自己的亲生儿子立为太子，并千方百计谋害重耳。

重耳被逼得走投无路，只好逃到异国他乡去躲灾避难。

重耳在外一直流浪了10多年，最后来到楚国。楚成王把他当作贵宾，用很高的礼节来招待他，使他很受感动。重耳对楚成王也很敬重，两人常常谈到深夜，成了要好的朋友。

在一次宴会上，楚成王醉醺醺地问重耳："将来，公子要是回到晋国，拿什么来报答我呀？"

重耳谦恭地笑着说："楚国金银财宝堆积如山，叫我拿什么东西来报答呢？"

楚成王摇头晃脑地又问："这么说，你是不想报答我了？"

重耳想了一会儿，说："倘若我能回到自

词语百宝箱

千方百计　走投无路
醉醺醺　摇头晃脑

己的国家，愿与楚国交好，世世代代永不打仗，想方设法让两国的百姓都能过上太平日子。”

楚成王连连点头：“好，说得好！”一杯酒下肚之后，又问，“万一两国发生战争怎么办？”

重耳郑重其事地摇了摇头说：“不会的。”

“万一呢？！”

“万一发生了战争，在两军相遇时，我就退避三舍。”

古时行军，每30里为“一舍”，退避三舍，就是自动撤退90里的意思。

楚成王听了，高兴得又喝了几大杯。

坐在楚成王旁边的楚国大将成得臣一直阴沉着脸，冷眼盯着重耳。他心里骂道：这个无家可归的野狗，净在这儿讲好听的。等宴会一结束，他便去拜见楚成王，说：“国君，我看得出重耳是个忘恩负义的家伙，我看把他宰了，免得后患无穷！”

楚成王虽然醉了，但心里却很明白，多一个朋友多一条路，将来有重耳在晋国，他就多了一份力量，那么将来攻打宋国、称霸天下就不成问题了。宋国也是个大国，离楚国不远，一直是楚成王的眼中钉、肉中刺。楚成王早下了决心，非拔掉这颗钉子不可。

就在那年冬天，重耳在其他国家的援助下终于回到了晋国，当上了国君。他就是晋文公。晋文公即位后，整顿内政，发展生产，使晋国逐渐恢复了元气。

不久，宋国国君宋襄公派他的儿子来求见晋文公。晋文公召见了宋公子。宋公子泪流满面地向晋文公诉说，楚国又派成得臣带领人马欺负他们了，恳求晋文公发兵，帮助他们打退

词语百宝箱

想方设法	郑重其事
无家可归	忘恩负义
后患无穷	泪流满面

楚国的进攻。

晋文公想起当年在楚国受到的厚遇，如今怎么好意思出兵呢！

宋公子又气愤地说："他们太不像话了，老是欺负中原的诸侯国。主公你不是常说要扶助弱小的国家吗？现在正是时候啦！"

他见晋文公还在犹豫，又道："楚国那个成得臣，骄横自大，连你也不放在眼里，他说……"

"说什么？"

"说你是个口蜜腹剑的小人，你要是敢出兵，他非叫你死无葬身之地不可！"

一番话，把晋文公激得火冒三丈，他问道："是真的吗？"

"有半句假话，五雷轰顶！"

晋文公猛地抽出宝剑当空一挥，叫道："发兵，马上发兵！"

晋文公抓紧时间扩充人马、整顿军队。不出3个月，便亲自率领大军浩浩荡荡地去解救宋国。楚国旁边还有两个小国——曹国和卫国，晋文公路过那里时，顺手牵羊把两国的国君俘虏了。这就等于扳掉了楚国的两颗门牙。

楚成王根本不相信晋文公会出兵与他为敌，直到成得臣第三次来报信时，他还说："不可能！当年我对重耳那么好，他怎么会忘恩负义呢？"

成得臣马上说道："国君，当初我劝你把他杀了，根除后患，可你不听，现在怎么样？"

楚成王背着手，在屋里直打转，口中喃喃自语："这个重耳，怎么能这样呢！怎么能这样呢！"

成得臣劝楚王不要着急，只要拨给他3万

词语百宝箱

口蜜腹剑　五雷轰顶
顺手牵羊　喃喃自语

人马，他一定把重耳的首级拎回来。楚成王把手直摆："别这样，别这样，等几天看看。我相信重耳不会和我过不去的。"

成得臣双手打拱道："国君，让我去吧！我要是败下阵来，就一头撞死，不回来见你了！"

成得臣是个性格暴虐、自以为是的人。他训练军队时经常用鞭打、小箭穿耳等方法去折磨士兵，因此遭到许多文臣武将的激烈反对。他们纷纷向楚成王告状，楚成王对成得臣也很不满意，但楚成王又想利用他的勇猛来阻挡晋国称霸的野心，所以也没坚决制止成得臣，只给了他一些人马，希望他能侥幸取胜。

成得臣把人马驻扎在离晋文公的营地不远的地方，并派人通报他们，要晋文公释放曹、卫两国的国君。而这时晋文公已暗地答应这两国国君恢复他们的君位，条件是必须先跟楚国断交。曹、卫两国的国君真的按晋文公的意见办了，向楚成王送去了绝交书。

楚成王气得浑身发抖，他本想派兵去解救这两个小国，不料他们倒先跟自己绝交了。成得臣则双脚直跳，骂道："重耳老贼，你竟做出这等事来！好，让我来跟你算账！"

他立即带领全军向晋军发动进攻。

重耳得知楚国发兵的消息，马上命令他的部队赶快向后撤，晋军的将士们都想不通。有个叫刘颖的将军求见晋文公，说："不能撤，我们的部队由堂堂的国君统率，而楚国带兵的却是普通的将军，哪有国君让将军之理！"

晋文公几次劝说刘颖，刘颖不听，晋文公只得把当年跟楚成王的一段交情如实相告，还说："我答应过的，万一有了战争，我愿退避三舍。"

刘颖道："此一时彼一时也，当时说的话怎么能拿到今天来说呢？那时的楚国还没有今天这么大的野心！你看看，楚国现在以中原霸主自居，周围的大小诸侯谁不受它的欺负，谁不畏它三分？作为一国之君，怎么能把个人的恩恩怨怨凌驾于国事之上呢？"

晋文公道："打仗也要凭理，理直气就壮。当初我许过诺言，今天要是失言，我们就理亏了。倘若我退了兵，他们还不肯罢休，那就是他的不对了，到时再与他交手也不迟！"

刘颖无言以对。

晋文公当日下令，后撤90里，一直退到城濮（今河南范县西南）才停了下来。

这时，楚国的将士们都想停止进攻，可成得臣说什么也不答应。楚成王得知，叫成得臣就地待命，可他却说："将在外，君令有所不受。"根本不买楚成王的账，率领三军，步步紧逼，一直追击到城濮。刚驻扎下来，成得臣便向晋文公下了一份战书，要晋军赶快投降。

晋文公立即回信："楚国的恩惠，我不会忘记，所以一直退到这里，现在你们既然不肯谅解，我也只好应战了！"

相持了数日，一场决战终于拉开了序幕。

晋文公是个很懂军事的国君，战书刚交上手，他就传令军队继续朝后退，用两面大旗指挥着队伍，还在战车上拖着两棵刚刚伐下来的大树。战车一走，大树便扬起地上的灰尘。成得臣远远看见，高兴得发疯："看看，晋国军队如丧家之犬，一片惊慌！"他下令将士们追上去，全歼晋军。

谁知，这正中晋军的埋伏。

词语百宝箱

此一时彼一时　凌驾
无言以对　丧家之犬

成得臣的人马刚追上来，隐蔽在路边的晋兵便猛冲上去，把楚军的队伍拦腰切断。原来，佯装败退的晋军又杀了个回马枪，前后突击，把楚军打得七零八落、溃不成军。

楚成王得知成得臣的军队一直在追击晋文公，立即派人赶到战场，下令不要再追。可是，成得臣已被晋军围住，哪能脱得了身。

词语百宝箱

七零八落　溃不成军
绝处逢生

晋文公眼看成得臣就要被生擒，悄悄下了一道命令，留个缝隙放他逃跑。将士们想不通，晋文公说："让他跑吧，反正他还是会死的！"

成得臣绝处逢生，夺路而逃，一直跑到一座光秃秃的山坡上，回头一看，战场上一片狼烟，火光中，只见写着"成"字的大旗被烧得只剩一缕缕破布条，在风中飘拂。成得臣长叹一声，觉得再也没有脸面去见楚成王，便一头撞死在路边的岩石上了。

战事余波

这次战役，晋军俘获了楚国战车 100 多辆，将士 1000 多人。晋文公一跃成为中原的霸主。

希波战争

名｜家｜心｜语

随着这一战，我们也就站在了西方世界的门槛上面，在这个世界之内，希腊人的智慧为后来的诸国，奠定了立国的基础。

——（英）富勒

波斯帝国起源于西亚伊朗高原的西南部，是在古代亚述和古巴比伦帝国的故土上兴盛起来的。公元前 6 世纪初，波斯人受米底王国的统治，他们在同米底人的斗争中，逐步形成强大的部落联盟。公元前 553 年，一个出身于阿黑门尼德氏族的部落首领居鲁士趁米底王国内乱之机，起兵灭了米底王国，于公元前 550 年建立了波斯国。

建国后，波斯仍保持着部落联盟的性质，有着军事民主制的遗风。他的军队被称为“卡拉”，即人民的意思，由波斯和米底的全体自由公社成员组成。这种兵民合一的战斗组织，使波斯帝国一开始便有强大的军事力量。

居鲁士是波斯帝国的创建者，他凭借强大的军事力量东征西讨，占领了小亚细亚、两河流域地区、叙利亚等地。公元前 529 年，居鲁士战死后，其子冈比西斯于公元前 525 年征服了埃及，建立起横跨亚非两大洲的奴隶制大帝国。

公元前522年，波斯国王大流士一世即位，他是一个野心勃勃的征服者。在他的铁腕下，波斯帝国得以重新统一。他实行了一系列维护奴隶制度和加强集权统治的改革：把整个帝国划分为20个行省，每省设总督1人；利用地中海东岸腓尼基人的力量建立起一支强大的舰队，以控制地中海东部；修筑驿道，形成四通八达的道路网等。在进一步巩固了奴隶制帝国的中央集权后，大流士一世随即开疆拓土，扩大领地。

他于公元前517年征服了印度河流域西北部地区；公元前514年开始西侵黑海北岸，在色雷斯驻兵8万。后来，大流士一世又向爱琴海扩张，控制了一些岛屿，从此使波斯成为世界历史上第一个横跨亚、非、欧三大洲的奴隶制帝国。

大流士一世为了纪念这一伟大胜利，在岩石上刻上他的铭文。这个铭文至今还保留在伊朗西部450米高的贝希斯顿岩石上。铭文的上方，刻着大流士的全身像，他昂首挺胸，一副胜利者的英姿。在他的脚下，刻着一群跪着的人，旁边还有9个囚犯，脖子上捆着绳子，双手被绑在背后。据说，这些人就是他在击败其他国家时捕俘的9个国王。

大流士一世的西侵政策，引起了以雅典为首的希腊城邦国家的忧虑，加剧了希腊与波斯之间的矛盾。大流士一世最大的理想是征服希腊，控制欧洲。公元前500年，小亚细亚沿岸最大的一个希腊城邦米利都人由于难以忍受波斯人的压迫，掀起反波斯起义。随后，爱奥尼亚地区的许多城邦纷纷响应，宣布脱离波斯的统治。这可以说是希腊城邦与波斯帝国爆发战争的序幕。

小亚细亚人为反对波斯人，感到自身力量不足，因而派使节到希腊本土，向各自的母邦

词语百宝箱

野心勃勃　铁腕
四通八达　开疆拓土

求援。当时，斯巴达等城邦以相距遥远、无力渡海支援为由拒绝出兵，只有雅典和优卑亚岛上的埃雷特里亚答应支援，派出 25 艘战船前往米利都参战。由于起义军的联合行动和英勇作战，曾一度攻陷了小亚细亚的波斯总督所在地萨狄斯城。

萨狄斯城的陷落引起了大流士一世的高度重视，他立即派来大军进行血腥镇压，将起义军击败。公元前 492 年，大流士一世以雅典和埃雷特里亚援助米利都为借口，委派女婿马多尼乌斯为统帅，率领一支庞大的陆海军战队同时进发，发动了对希腊的战争。

马多尼乌斯率领的波斯大军的计划是：以陆军为主，取陆上迂回路线；海军沿海岸开进，支援陆军作战；先征服色雷斯和马其顿，再从希腊北部南下，逼攻雅典。

公元前 492 年夏天，波斯大军顺利越过了赫勒斯滂海峡，开始向希腊进军，沿途不断征服近海地带的一些希腊殖民地，但是，波斯军深入异地，受到当地居民的强烈反抗，行进并不顺利。其陆军进入色雷斯境内后，每夺取一个城邦，都要付出相当代价。经过艰难的长途征战，波斯陆军才抵近马其顿边境。

在一次料想不到的作战中，统帅马多尼乌斯不幸受重伤。同时，海军到达阿索斯角时遇到大风暴，300 多艘战船撞毁，2 万余人失踪，几乎全军覆没。于是，受伤的马多尼乌斯决定收兵，向亚洲撤退。

公元前 490 年，波斯对希腊发动第二次远征。老将达提斯和阿塔非尼斯率军 2 万余人横渡爱琴海，攻占并破坏了埃雷特里亚城，继而南进，在距雅典城东北 40 公里的马拉松平原登陆。

雅典全城紧急动员，组成约 1 万人的队伍开赴马拉松迎敌，并派人向斯巴达等城邦求援。雅典军到达马拉松后，立即修建阵地，建立营地，竭力拖延时间，以等待斯巴达援军的到来。可是，等了 8 天，只有普拉提亚城邦的 1000 名重装步兵及时赶来，斯巴达的援军连一点儿影子也没有。

原来，斯巴达人虽然同意出兵增援，但宣称他们不能破坏宗教惯例，要等过了 9 月 19 日夜间的宗教节之后才能发兵。

然而，埃雷特里亚的陷落，使得雅典军不能继续等待，因为两支波斯军一旦会合，雅典的处境将更糟。于是，公元前 490 年 9 月 21 日，爆发了著名的马拉松会战。

希腊联军指挥官米太亚得命令部队占据有利地形，控制山头，封锁通向雅典的道路。他针对波斯军在平原作战惯用的中央突破战术，设计了正面佯攻、两翼夹击的战法：把实力很强的雅典军重步兵分为两个各长约半里的横队，配置在阵地的两翼，前后共 8 排；在阵地中央，配置较弱的兵力，其横队只有 4 排。按照他的计划，首先由阵地中央较弱的兵力主动出击，引诱波斯军进行反击，然后雅典军且战且退，把波斯军引入陷阱；等到波斯军进到一定深度，趁其队形混乱之时，则以两翼重兵进行反攻，一举歼灭敌人。

经过激战，雅典军果然重创波斯军，波斯军死亡 6400 人，大批的人登舰逃跑。雅典军只牺牲 192 人，还缴获战船 7 艘。

米太亚得为了把胜利的消息迅速告诉雅典人，选中了快跑能手斐力庇第斯。斐力庇第斯虽然受了伤，但还是毅然接受了任务。他以飞快的速度从马拉松跑到雅典中央广场，对着盼望的人群激动地喊了一声：

“大家欢呼吧！我们胜利了！”

词语百宝箱

惯例 配置

陷阱

就在人群沸腾之时，斐力庇第斯却倒在地上牺牲了。

马拉松会战是雅典军的首次大捷，极大地鼓舞了希腊人奋起反对波斯军的作战热情，增强了希腊人团结抗战的必胜信心。

大流士一世得到波斯军再次失利的消息，十分气恼，决心再次远征希腊。但是，战败也导致了波斯境内一些部族和领地的反叛，打乱了他的西侵计划。不久，他就去世了。继位的薛西斯一世仍奉行侵略扩张政策，其征服希腊称霸欧洲的野心，较之其父有过之而无不及。为此，征集大量兵员物资，建造大量舰船，先后两次架设横跨赫勒斯滂海峡的浮桥，开凿经阿陀斯半岛颈部的运河。与此同时，希腊城邦也在紧张备战，雅典同30多个希腊城邦结成军事同盟，公推拥有强大陆军的斯巴达为盟主，组成了希腊联军。

公元前480年春，薛西斯一世率10余万人、战船1000余艘，渡过赫勒斯滂海峡，分水陆两路沿色雷斯西进，迅速占领北希腊，旋即南进至温泉关。斯巴达国王列奥尼达率领先期到达的希腊联军约7000人扼守地势险要的温泉关。斯巴达人欧利比阿德斯指挥希腊海军控制阿尔泰米西翁角。

8月中旬，波斯军向温泉关发起进攻，希腊守军顽强抵抗了两天，使波斯军损失惨重。第三天，当地一名希腊人把波斯军引到希腊守军侧后方，列奥尼达在腹背受敌的情况下，命令联军撤退以保存军力，自己率领300名斯巴达勇士顽强抵抗，直至全部阵亡。

指挥雅典海军的泰米斯托克利趁列奥尼达英勇阻击所争取的时间，将雅典全城居民安全转移，并在萨拉米斯岛集结了海军主力。结果，波斯陆军虽攻占了雅典却毫无所获，其海军被诱入水域狭窄的萨拉米斯海峡。

希腊舰队发挥其船小灵活、在狭窄海湾运转自如

词语百宝箱

沸腾　转移
灵活　运转自如

的优势，以接舷战和撞击战法反复突袭波斯舰队，击沉波斯战船200余艘。此战扭转了希波战争的战局，从此希军转入反攻，这也是世界海战史上以少胜多、以弱胜强的典型战例。

公元前479年8月中旬，波斯陆军南下与希腊联军在布拉底决战，斯巴达统帅保萨尼呵斯率4万人重创波斯陆军，杀死马多尼乌斯，粉碎了波斯的第三次远征。

波斯由于远征希腊失败，加上帝国内部矛盾重重，被迫转入守势，而以雅典为首的希腊联军则逐渐转入进攻，乘机扩张海上势力，企图建立雅典在爱琴海的霸权。

公元前478年，雅典舰队占领赫勒斯滂，打开了通向黑海的通路。同时，斯巴达国王色桑尼率领联军的伯罗奔尼撒舰队进行东征，先后攻下了地中海的塞浦路斯岛和博斯普鲁斯海峡的拜占庭，但都没有长期占领而单独返回巴尔干。由于色桑尼不善于统率联盟军队，斯巴达作为农业大国所推行的政策也不受亚洲沿岸爱奥尼亚希腊人的欢迎，于是希腊联盟的各城邦举行会议，罢免了斯巴达对联盟军队的统率权，而由雅典取而代之。

公元前478年年底至公元前477年年初，由雅典首倡，其他决心继续进行反波斯战争的城邦，包括小亚细亚沿岸和附近岛屿的一些城邦在内，一致同意组成新的对抗波斯的同盟。因其会址和金库设在爱琴海中的提洛岛上，故被称为“提洛同盟”，又称“海上攻守同盟”或“雅典海上同盟”，推举雅典为盟主。

此后的希波战争，实际上就是以雅典为首的提洛同盟与波斯帝国之间的战争，同盟的领导权完全落入雅典手中，同盟成为雅典帝国的工具。

公元前476年，希腊联军攻占色雷斯沿海地区、爱琴海许多岛屿和拜占庭；公元前468年在欧律墨东河口会战中打败波斯舰队；公元前449年，在塞浦路斯以东海域重创波斯军。波斯帝国见大势已去，无力继续与希腊为敌，于是向希腊求和，并且签订了《卡利亚斯和约》。和约规定，波斯放弃对爱琴海、赫勒斯滂和博斯普鲁斯海峡的控制，承认小亚细亚西岸希腊诸城邦独立。希波战争到此结束。

战事余波

希波战争使雅典确立了海上霸权，控制了海上的重要战略据点和商路，为雅典奴隶制城邦“黄金时代”的到来奠定了基础。

伯罗奔尼撒战争

名|家|心|语

这是希腊人的历史上最大的一次骚动，同时也影响了大部分异族人，甚至影响到整个人类。

——（古希腊）修昔底德

雅典和斯巴达之间的矛盾与斗争由来已久。早在公元前6世纪末，斯巴达就曾经干涉雅典的内政。希波战争前期，尤其是在公元前480年及前479年，雅典和斯巴达之间就不断发生冲突。后来，以雅典为首建立起了伯利克利提洛同盟，以斯巴达为首的另外一些城邦则建立起了伯罗奔尼撒同盟，于是两个同盟之间开始了对希腊霸权的争夺，冲突日趋激烈。

公元前431年5月，斯巴达对雅典宣战，战争由此爆发。斯巴达的精锐部队迅速入侵阿提卡。此时，雅典的统治者为伯利克利，他是一位很有远见的政治和军事统帅。在战争爆发之前，伯利克利就早有预料，为了提早防备斯巴达人的陆上进攻，他提议在雅典城与外港比雷埃夫斯之间修建了一道长垣，这样就加固了陆海两方面的防务。

战争爆发之后，伯利克利非常清楚地了解敌我之间的优势和劣势，所以因势利导，采用了一种比较稳妥的战略：在陆上以防守为主，将村民迁入城市，在必要时放弃农村，加固城壁，坚守城池；同时，他还主张充分发挥海军优势，主动攻打伯罗奔尼撒沿岸各个城市，以便逼迫对方求和。

依照伯利克利的策略，战争的第一年基本上都在顺其预料的情况发展。一边是斯巴达军队连续不断地向阿提卡进军，另一边雅典军队在伯罗奔尼撒半岛登陆。雅典军队封锁伯罗奔尼撒半岛沿岸及其众多港口，还怂恿斯巴达人统治下的奴隶——希洛人发动起义，用以分散斯巴达人的军力。与此同时，雅典人还侵略了斯巴达的同盟城邦。

雅典人在战争初期获得了有利的形势，但好景不长。在战争的第三年，有一支由埃及开来的商船携带着瘟疫到达了雅典城。因为此时的雅典城被围攻，而城内人口密度又大，所以瘟疫在雅典城内大范围流行，雅典的人口迅速减少了 1/4。更可怕的是，伯利克利也在这次瘟疫中不幸罹难，雅典失去了一位杰出的领袖。

瘟疫的流行不仅夺去雅典人的生命，也突然改变了雅典和斯巴达战争的局势。此时的雅典政府由克里翁接管，他不再遵循伯利克利的防御性的策略，而主张对外扩张，加强对各个盟邦的控制，进而以武力迫使敌人就范。

公元前 425 年，雅典海军发动了对伯罗奔尼撒的进攻。他们攻占了皮洛斯港的门户——斯法特里亚。斯巴达从容应对，他们遵循将军伯拉西达的策略，避开雅典海军主力。然后，由伯拉西达率领一支精锐部队，通过希腊半岛北部，绕到雅典的背后，一方面进攻这一地区雅典的盟友，另一方面拉拢那些愿意脱离雅典的城邦。这样的策略逐渐改变了战争的局面，这一地区很多城邦纷纷投向斯巴达。

词语百宝箱

因势利导　怂恿
好景不长　罹难
就范　拉拢

克里翁意识到了威胁，认为自己的同盟已经开始解体，于是匆匆调集军队，直扑斯巴达人驻守的安菲波利斯。谁也没有料到，在这场混战中，伯拉西达与克里翁竟然双双战死。双方都没有了统帅，就只好暂时休战，于是在公元前 424 年 4 月 8 日双方签订了停战 50 年的《尼西亚斯和约》。和约规定：交战双方，退出各自占领的领地，交换战俘，保证 15 年内不交战。

实际上，双方都不是真正想要停战，只是为了借机积蓄力量。6 年之后，雅典与斯巴达重新燃起战火。公元前 416 年，雅典进攻西西里的叙拉古，于是新一轮的战争又开始了。值得一提的是，西西里之战为伯罗奔尼撒战争写下了悲壮的一页。

形势的发展对雅典十分有利，雅典大军迅速攻占了叙拉古城北约 48 公里的卡塔纳。但随着一个意外事件的发生，整个战局突然扭转，那就是雅典军出发前，雅典城内神圣的海尔梅斯神像竟然被人毁坏。雅典统帅阿尔西比德一直不敬神，因此有人怀疑是他所为。阿尔西比德率兵出发后，雅典的公民大会通过决议，以亵渎神灵罪，要求他回雅典接受审判，后来又以缺席为由判处他死刑。在前方奋战的阿尔西比德得知消息后十分震惊，于是决定效忠斯巴达。他向斯巴达献计：派军援救西西里，以解除叙拉古之围；从陆上发兵，长期进驻阿提卡的德凯列伊亚。斯巴达接受了他的计策。

斯巴达人的增援效果十分明显，战局立刻发生了变化，雅典军队开始处于不利的地位。

公元前 413 年，雅典派出德摩斯特涅斯所率领的援军夜袭埃皮波拉伊地区，但惨遭失败。后又因其主帅犹豫不决和迷信，最终贻误撤军时机。叙拉古人乘机发动反攻，加上海战又接连失利，雅典军至此已经是死伤惨重，

词语百宝箱

解体 积蓄
亵渎 贻误

被迫投降。雅典统帅尼西阿斯和德摩斯特涅斯都成了斯巴达的阶下囚，并被立即处死，而余下被俘的7000人全被送去采石场做苦工，最终惨死在疾病与苦役中。在西西里地区的战败使雅典的军力遭受严重削弱，丧失5万名战士。这可以说是伯罗奔尼撒战争的转折点，从此雅典已无力挽回失败的命运。

伯罗奔尼撒战争的后期，斯巴达一直占据着优势。其中一个重要的原因，就是斯巴达得到了拥有雄厚财富的波斯人的大力支持。斯巴达人以承认波斯人对小亚细亚各希腊城邦的统治为条件，获得了波斯人的资金援助。这些丰厚的资金被用来建造舰队，扩充海军。

公元前405年，斯巴达海军围困赫勒斯滂海峡，雅典海军也在此集结，并在羊河战役中被全歼。此后，雅典海港被封锁，商业与粮运路线断绝。雅典人在饥饿与绝望的情况下，签订了屈辱的和约。和约规定：解散雅典海上同盟；除保有12艘警戒船只外，其余全部舰队交给斯巴达人；雅典人自行毁掉“长垣”和比雷埃夫的防御设施；参加伯罗奔尼撒同盟；让所有流亡者回国。

至此，持续了27年的伯罗奔尼撒战争以雅典的彻底失败而告终。

战事余波

伯罗奔尼撒战争是希腊城邦开始衰亡的标志，也是雅典时代结束的象征。雅典失去了它在希腊历史上的重要地位。

亚历山大东征

名｜家｜心｜语

我对亚历山大最羡慕的地方，不是他的那些战役，而是他的政治意识，他具有一种能赢得人民好感的能力。

——（法）拿破仑

正当伯罗奔尼撒战争使希腊诸城邦大伤元气的时候，北方近邻马其顿逐渐强大起来，其国王腓力二世凭借其强大的军事力量，趁希腊各城邦混乱不堪、无力外御之机，先后夺取了一个个衰落的希腊城邦。

腓力二世把政权和军权集中到自己手中；军队变原来的民军性质为常备军和雇佣军相结合的体制，规定所有壮年男子都要到步兵或骑兵中服役；以方阵为基础，创造了著名的马其顿方阵；大力发展攻城技术装备，使马其顿军拥有优势的弩炮、破城槌、攻城塔等。

公元前 338 年，马其顿军队打败希腊联军于喀罗尼亚城下，确立了在全希腊的霸主地位，下一步侵略目标，便是东方的波斯及其他文明世界。然而，公元前 336 年，腓力二世在自己的王宫里为女儿主持婚礼时遇刺身亡，他的儿子亚历山大受军队的拥戴登上王位，时年 20 岁。

亚历山大曾拜希腊著名哲学家亚里士多德为师，自幼接受希腊文化教育，拥有丰富的政治和军事知识。他酷爱希腊文化，梦想不仅要征服世界，而且要使世界希腊化。

亚历山大即位后，大胆实行政治、军事改革，削弱氏族贵族的势力，加强君主的权力，奖励发展工商业。他创立了包括步兵、骑兵和海军在内的马其顿常备军，将步兵组成密集、纵深的作战队形，发展了其父的马其顿方阵，中间是重装步兵，两侧为轻装步兵，每个方阵还配有由贵族子弟组成的重装骑兵，作为方阵的前锋和护翼。亚历山大通过这些改革，使马其顿迅速成为军事强国。他在平定国内叛乱和希腊反马其顿起义之后，即调兵遣将开始了对东方的远征。

公元前 334 年年初，亚历山大授权安提帕特将军摄政，亲率远征军渡过赫勒斯滂海峡，向波斯进军。这支远征军以马其顿军为主，雇佣兵和各邦盟军为辅，约 3 万步兵、5000 骑兵、160 艘舰船。

当时的波斯帝国是个没落的军事奴隶制国家，在大流士三世的统治下，内政腐败、政局不稳、国势日衰，在小亚细亚仅部署骑兵 2 万、希腊雇佣兵 2 万、舰船 400 余艘。

公元前 334 年 5 月，亚历山大远征军渡过赫勒斯滂海峡后，在马尔马拉海南岸格拉尼库斯河遭到波斯军阻击。波斯军沿河东岸展开，以骑兵为第一线，步兵为第二线，凭岸固守，阻敌渡河。远征军则置步兵方阵于中央，两翼为骑兵，亚历山大命令先头部队佯动，诱使敌军向左移动，待其队形出现间隙，乘机率右翼主力渡河，猛扑敌阵中央。激战中，波斯军的标枪如滂沱大雨铺天盖地；马其顿人的长矛似万道金蛇，左刺右扎。但是，远征军第一回合的冲击未能奏效，波斯军居高临下，顽强拼杀，阻挡住了马其顿先锋部队的强攻。

正当鏖战关头，亚历山大亲率部分骑兵赶到，他的盔甲光辉夺目，头顶耀动着白色羽毛，正是敌人注目的中心。一些波斯兵一时看得发呆，来不及放箭和投掷标枪，只见亚历山大头一个冲进敌阵，整个骑兵一拥而上，霎时冲乱了敌人的阵势。

此战波斯骑兵亡千余人，其步兵遭马其顿军四面打击，即迅溃败，2000 余人被俘，希腊远征军仅亡百余人。

初战告捷，亚历山大乘胜率远征军沿小亚细亚西海岸南下，先后占领吕底亚、卡里亚、吕基亚等地，随后北上安哥拉（今安卡拉），东进卡帕多细亚，再南下奇里乞亚。

公元前 333 年 10 月，希腊远征军在西利西亚东部的伊苏斯击败大流士三世所率十二三万大军，波斯国王大流士三世落荒而逃。此役后，希腊远征军获得战争主动权，打开了通往叙利亚、腓尼基的门户。

公元前 332 年，亚历山大挥军南下，沿地中海东岸前进，攻占叙利亚，顺利进入埃及，被埃及祭司宣布为“阿蒙神之子（国王）”，他自封为法老。希腊远征军在尼罗河口兴建亚历山大城，作为继续东征的后方基地。

公元前 331 年春，亚历山大又率步兵 4 万人、骑兵 7000 人从埃及挥师亚洲，假道腓尼基向波斯腹地巴比伦尼亚与伊朗高原推进，寻找波斯军主力决战。10 月初，在底格里斯河东岸的高加米拉以西与波斯军主力对阵。

大流士三世此时已组织了较强的新军，集结的军队来自 24 个部族，号称百万，有刀轮战车 200 辆，战象 15 只。

双方展开了激烈的骑兵战和肉搏战。希腊远征军骑兵主力纵队利用缺口迅速楔入敌阵，直逼大流士三世的大营。大流士三世逃遁，波斯军惨败。

词语百宝箱

鏖战　光辉夺目
落荒而逃　腹地
逃遁

远征军乘胜南下轻取巴比伦，占领波斯都城苏萨，随后进入伊朗高原，洗劫波斯古都波斯波利斯以及米底古都埃克巴坦那，摧毁了大流士三世政权。

公元前 330 年春，亚历山大引兵北上追击大流士三世，获悉大流士三世被其部将谋杀，古波斯帝国及阿契美尼德王朝至此灭亡，亚历山大成为波斯统治者。

公元前 327 年，亚历山大率军由里海以南地区继续东进，经安息（帕提亚）、阿里亚、德兰古亚那，北上翻越兴都库什山脉，到达巴克特里亚（大夏）和粟格狄亚那。

公元前 325 年，远征军侵入印度，占领印度河流域。亚历山大还企图征服恒河流域，但是经过多年远途苦战，兵士疲惫不堪，再加上印度人民的顽强抵抗，还有疟疾的流传、毒蛇的伤害，兵士拒绝继续前进，要求回家。

亚历山大不得不放弃东进计划，于公元前 325 年 7 月从印度撤兵。

公元前 324 年，其陆军回到波斯波利斯和苏萨，舰队在底格里斯河口靠岸，随后返抵巴比伦，东征即告结束。

亚历山大率远征军十年血战万里行，进行了上百次强渡江河、围城攻坚的战斗，彻底摧毁了古波斯帝国，降服了大量的土著部族，从而建立起一个北到多瑙河，南达尼罗河，东跨印度河，西连亚得里亚海，横跨欧、亚、非三洲的亚历山大帝国。

亚历山大退到巴比伦以后，就把巴比伦城作为马其顿帝国的新都。他很想再远征西方，征服北非和意大利。公元前 323 年夏，他的远征计划已经准备妥当，但万万没有想到他的末日已经临近。

一天，亚历山大像往常一样向诸神献祭，对神明赐给他的好运气谢恩。

当晚，他同一个好友一起饮酒作乐，然后去洗澡。突然，他开始发烧，从此一病不起，但仍然每天召见军官，指示他们如何准备远征。过了几天，他已经不能说话了，可是还用眼神示意军官们要继续西征。

临死时，他留下遗言：在他的丧礼期间，要举行盛大的军事竞赛。这一年，亚历山大才 33 岁。

战事余波

亚历山大东征给当地人民造成了深重的灾难，但客观上促进了东西方经济和文化的交流，刺激了社会生产的发展。一些学者指出：亚历山大曾为西方人打开了东方的大门，也为东方人敞开了西方的大门。

布匿战争

名 | 家 | 心 | 语

迦太基人要争取的是自身生存和对利比亚的统治，罗马人要争取的则是世界的统治权。

——（古罗马）波利比乌斯

布匿战争是古罗马与迦太基争夺地中海西部统治权的战争。公元前3世纪，罗马征服意大利半岛后，一跃而成为奴隶制强国，并开始向海外扩张，与早已称霸西地中海的迦太基（腓尼基人殖民地，在今突尼斯）发生冲突。两强争霸达100多年。因罗马人称腓尼基人为布匿，故这场战争被称为布匿战争。布匿战争前后共有三次。

第一次战争发生于公元前264年至前241年，因争夺西西里岛引起，主要战场在西西里海域。公元前265年，被称为马美尔提尼（意为“战神之子”）的意大利雇佣兵，与叙拉古人为争夺西西里岛东北端的梅萨纳城而发生冲突。占领该城的马美尔提尼被叙拉古人打败，随后，迦太基出兵干涉，赶走叙拉古人。但马美尔提尼中另一派坚持求救于罗马，罗马元老院踌躇未决，百人团大会决定出兵。公元前264年，罗马军队开入西西里，击败迦太基人并占领梅萨纳城，战争正式爆发。公元前263年，罗马人与叙拉古人结盟。次年，罗马又攻占迦太基人在西西里岛西南部的大城阿格里真托，但该岛西部的其他地区仍在迦太基控制之下。罗马人鉴于迦太基海军的优势，便迅速建造百余艘舰船，船上装有新的技术装置——接舷小吊桥，其用途是借以搭到敌舰的甲板上，以便步兵通过并和敌人格斗。这种新的战术，弥补了罗马军队不习水战的弱点。公元前 260 年，罗马舰队在执政官杜伊利马斯率领下，在米拉海角（西西里北岸）与迦太基舰队展开激战，首次取得海战胜利。公元前 256 年，罗马决定派两名执政官率舰队远征迦太基本土，途中与迦太基舰队遭遇，再度获胜。罗马军队在北非顺利登陆，初亦取胜。但撤退一批军队后，迦太基人乘机反攻，罗马军力单薄，大部被歼，执政官勒古鲁斯被俘（后被杀）。此番远征以罗马人失败告终。此后，战争又延续 10 余年，仍胶着于西西里一带。迦太基将军哈米尔卡·巴卡坚守几个据点。罗马又倾力造舰，于公元前 241 年在西西里岛以西的埃加迪群岛附近打败迦太基海军。迦太基被迫签订和约：放弃西西里岛及其与意大利之间的各岛屿，10 年内向罗马偿付赔款 3200 塔兰特。罗马取得第一次布匿战争的胜利，从而掌握了地中海西部的制海权。

第一次战争后，罗马与迦太基的矛盾依然存在且日益激化。罗马军队乘势于公元前 238 年攻占迦太基属地撒丁岛和科西嘉岛，步步进逼。迦太基人认为，要打败劲敌罗马，上策是把战争引向意大利境内。公元前 237 年，迦太基将军哈米尔卡·巴卡携幼子汉尼拔率军渡海侵入西班牙东南沿海地区。迦太基人以此为基地，发展经济，扩建军队，并兴建新迦太基城，作为政治军事中心，准备向罗马“复仇”。公元前 221 年，汉尼拔就任军事统帅。公元前 219 年，迦太基夺取了与罗马结盟的西班牙城市萨贡托。公元前 218 年春，罗马向迦太基宣战。罗马本来计划兵分两路：一路由执政官森普罗尼亚率领，经西西里进攻迦太基本土；另一路由执政官西庇阿率领，在西班牙登陆，以牵制汉尼拔。但汉尼拔先发制人，率步、骑精兵约6万人及战象数十头，毅然进军意大利。行军5个月，沿途克服重重天险和高卢（今法国）部落的抵抗。同年秋，他以惊人的胆略越过阿尔卑斯山，但兵力损失严重。当汉尼拔在意大利北部波河谷地突然出现时，罗马人大为震惊，被迫在本土应战，仓促部署防御。汉尼拔与罗马之敌山南高卢人结盟，补充大批人马装备，在提契诺河和特雷比亚河地区，首挫罗马军。公元前217年春，罗马军队退守意大利中部，但汉尼拔出其不意地绕过罗马军防地，通过难以前行的托斯卡纳沼泽地带，走上通往罗马首都的大道。同年6月，一支罗马军队在特拉西海进湖畔陷入汉尼拔的埋伏。罗马执政官弗拉米尼未经侦察，即率军团进入狭窄的谷地。汉尼拔突然发起攻击，罗马军惊慌失措，经激战，罗马军队几乎全部被歼，弗拉米尼战死，迦太基仅损失千余人。

特拉西海进湖畔之战后，罗马国家处于紧急状态，任命昆图斯·费边为独裁官，采取迂延战术，避免正面交战，但在速战派的反对下，费边辞职。汉尼拔虽打开通向罗马城的大道，但他没有直接向首都进军，而是越过亚平宁山脉折向东南，一路上大力鼓动罗马“同盟者”叛离罗马，同时伺机与罗马军展开决战。罗马也在准备进行大规模会战，急于把汉尼拔赶出意大利。公元前216年8月，汉尼拔诱使罗马军进入意大利东南部阿普利亚境内奥尼托河下游的坎尼，进行了一次著名的会战。汉尼拔率步兵4万人，骑兵1万人；罗马两执政官包路斯和瓦罗率步兵8万人，骑兵6000人。罗马军团列成严密的、纵深很长的战

词语百宝箱

先发制人　天险
出其不意　惊慌失措

斗队形，企图以密集的步兵对迦太基战斗队形的中央实施强攻，而在两翼只配备了力量薄弱的骑兵分队；汉尼拔配备在中央的是纵深不大但稳固而灵活的步兵横队，其两翼则配置着强有力的骑兵队和步兵队。双方几乎同时发起进攻，当罗马步兵主力开始突击时，迦太基正面中央的步兵主动后撤，此时迦太基骑兵乘势猛攻罗马军的两翼，形成严密包围之势。陷入重围的罗马军一片混乱，失去了战斗力。汉尼拔利用有利地形，并充分发挥其军事才能。经激战，罗马军大部分阵亡和被俘，包路斯战死，仅瓦罗一人幸免，迦太基军损失约 6000 人。坎尼会战使罗马大为震动，意大利的一些城市，以及西西里、撒丁岛和西班牙等地，都出现倒向迦太基的趋势。罗马众叛亲离，陷于困境，采取了各种应急措施，甚至购买奴隶以扩充兵源。

坎尼之战虽使罗马人惨遭失败，但他们并没有丧失信心和勇气。元老院决意积蓄实力，避免重大牺牲；同时，对叛乱的“同盟者”施以惩罚。公元前 212 年，罗马军包围叛离大城卡普阿，汉尼拔为解卡普阿之围曾佯攻罗马城，罗马人闻“汉尼拔在门口”而惊恐万状。但罗马军仍继续围攻卡普阿，不久攻克该城并予以残酷报复，后又攻占叛离的西西里岛大城叙拉古，大量居民被杀。经过 5 年的努力，罗马逐步恢复了元气，并日益取得战争的主动权。公元前 209 年，罗马攻占了迦太基人在西班牙的主要基地——新迦太基城。公元前 206 年，罗马征服了西班牙东部地区。迦太基国内的权贵因担心汉尼拔权重而不予援助，致使汉尼拔独处意大利南部一隅，已无所作为，处于劣势。最后终于战败，被迫接受苛刻条约。从此，迦太基丧失其奴隶制强国的地位，而罗马则成为西部地中海的霸主。

词语百宝箱

众叛亲离　惊恐万状
无所作为　苛刻

第二次战争后，迦太基在经济上仍有复苏发展之势。罗马为了防止迦太基人重新崛起，蓄意彻底消灭迦太基。当迦太基以武力反抗亲罗马的努米底亚国王侵占其沿海地区时，罗马以违背前订条约为借口，于公元前 149 年悍然向迦太基宣战，发动第三次布匿战争。迦太基人无力抵抗而向罗马求和。罗马要迦太基交出人质和所有武器，当迦太基人履行了求和条件时，罗马又无理要求毁掉迦太基城，迫使其居民迁入内地。迦太基人不愿亡国，被迫实行总动员，重新建立军队，顽强抵御 3 年，终不敌罗马而被迫投降。战争结束后，罗马元老把迦太基城残存的居民卖为奴隶，并在这里设立了罗马的“阿非利加省”。从此，作为独立国家的迦太基不复存在。

词语百宝箱

复苏　蓄意

战事余波

布匿战争是罗马征服地中海世界最为关键的战争，使罗马成为地中海的霸主，也是使得罗马共和国兴旺的一个重要转折点。

长平之战

名|家|心|语

长平之战，血流漂卤。

——杜佑

战国时，秦大将王龁率数十万兵马像滚滚乌云一样笼罩住韩国上党城（今山西和顺、榆社以南，沁水流域以东地区），城中一名将士拼死杀出一条血路逃到赵国哀哀求救，赵王立刻派遣大将军廉颇率20多万兵马前往解围。不料，赵秦两军在长平遭遇，廉颇将军在马上一声呐喊，只见战马兵车卷起漫漫黄尘，鼓声阵阵，热浪翻滚，两军混战一起，杀得天昏地暗。双方伤亡都很惨重，廉颇见无法解救上党之围，为保存实力，只得鸣金收兵，兵退10里，筑起数十座营垒坚守不出，以逸待劳。

秦军日日攻打赵军营垒，都被廉颇的弓箭手射了回去，一连打了4个月，还是攻不破。为迅速扭转战局，秦国暗派奸细潜进赵王的宫中，用一箱箱黄金收买赵王身边的几个谋臣，要他们在四下里散布谣言，说廉颇的坏话。

几天之内，赵国王宫内外，街头巷尾谣言四起，都在传说秦国人最害怕赵奢，听说赵奢的儿子赵括精通兵法，又有谋略，武艺高强，秦兵一听他的名字就吓得屁滚尿流，要是他当元帅攻打长平，秦兵早吓跑了。

还有的说，廉颇那老头儿已不行了，越老越胆小，秦兵在阵前骂阵，他都不敢出来答话……总之，廉颇远不如赵括，此次秦赵一战，非赵括出征不可。

谣言像股妖风，很快吹进赵王的耳朵，他心头顿时生起疑团：怪不得廉颇这几个月坚壁不出，原来是胆怯了，也难怪，仗打多了只会越打胆越小，枉费了几个月的兵马粮草。他还暗暗责怪自己用人不当。随后，他问身边的几位谋臣："听说赵括是位难得的将才，你们是否了解？"

那几个谋臣一听赵王问起这事，连忙向赵王推荐赵括，并煞有介事地吹嘘赵括的军事才能。赵王听罢，欣喜异常，唤人前去速速把赵括叫来，任命赵括为元帅，到长平把那"胆小如鼠"的廉颇换下来。临行之时，赵王对赵括大加犒赏，送给他整箱整箱的黄金，整车整车的绫罗绸缎，并且又增派20万精兵强将随他出征。

赵括率20万大军向长平进发，秦王得知消息后哈哈大笑，立即传谕：任命白起为兵马大元帅，秘密前去两军阵前增援王龁将军，并强调，若有人泄露机密，立即斩首。

赵括到长平的第一件事，就是将廉颇的用兵战策全部改变，把大小军垒合并成大营。廉颇原军中的旧将不同意这样做，因为数十万兵马集中扎寨容易被敌军分兵合围，所以他们竭力阻止，结果和赵括的手下在兵营里吵吵嚷嚷地厮打起来。赵括一向刚愎自用，心狠手辣，当即下令把持不同意见的旧将通通杀掉，让自己的

词语百宝箱

煞有介事　吹嘘
胆小如鼠　犒赏
吵吵嚷嚷
刚愎自用

心腹担任将领。赵括召集大小将官在帐前，给他们讲了一段兵法，他将兵法《虚实篇》高声朗读了一遍，然后问帐下众将官是否听懂了，帐下有人点头有人摇头，有人则把眼睛睁得大大的，盯住他的脸。赵括一看这情形，心中又得意又有点儿不满意，他将兵书反扣在桌上，在他们面前边踱步边讲解：敌人兵力分散在十处，我军兵力集中到一处，这样我们就能集中优势兵力攻击敌人，造成我众敌寡的有利态势，那么同我军当面作战的敌人就有限了。

帐下将官听了频频点头。赵括走到案前又翻看了一下书，回身和众人讲廉颇排阵的“错误”：“是大小军垒设得太多，这样防备了左边，右边的兵力就薄弱，防备了右边，左边又薄弱，到处都防备，就到处兵力薄弱。现在我将大小营垒集中起来，以兵力优势迫使敌人处处防备。”众将听了赵括这一段阔论连声叫好。

秦国元帅白起秘密到达阵前之后，见赵括一上任就改变了守垒方式，心中暗喜，便试探着先派3000兵马前去挑战，自己却在高墙上远远地观察动静。赵括见敌军杀来，立刻率领1万人马迎战，两军厮杀在一起，刀与刀交刺对杀，撞击声、杀喊声、呻吟声交织一片。秦兵寡不敌众，被赵括杀得兵如潮退，丢下一大片尸首，赵括见秦军败退便尾随其后，穷追不舍。

对面的白起元帅把这一切看在眼里，在高墙上情不自禁地一拍大腿笑道：“太好了，我有办法对付赵括了！”接着，领兵后退10里。

这一仗赵括大获全胜，开怀大笑地说：“你王龁哪里是本帅的对手。”

他便一人奔至秦军寨前，用弓箭向寨内射进一封信，白起与王龁拆开一看，原来是封言辞激烈的挑战书，不禁相视一笑，白起说：“王

词语百宝箱

情不自禁　开怀大笑

将军，你就写‘来日决战’。”王龁提笔一挥而就，当即把信扎在弓箭上射出寨去，随即又指挥全军拔营后退10里安营扎寨。

赵括得信后，更加得意忘形：“看看，王龁被我打怕了吧！”他立即传令，叫将士们吃饱了饭好好睡一觉，明日他要亲自活捉王龁。他哪里知晓，白起、王龁早已安排下天罗地网，正等他往里钻呢！

> **词语百宝箱**
>
> 一挥而就　得意忘形
> 天罗地网　诡计多端

次日，天刚放亮，赵括就挥师与秦兵血战在一起。只见兵马相错、刀刃相接。阵前，王龁一手持兵刃，一手攥住赵兵的一只手臂，只听见喀嚓一声，赵兵的胳膊就断了，王龁愈杀愈猛，连续砍断了许多赵兵的手臂。乱军中，赵括催马迎面冲来，挥刃就向王龁砍去，两人大战20个回合，王龁装作战败，掉转马头往回跑，赵括在身后紧追不舍。赵军将领中有人觉得秦兵败得奇怪，恐怕其中有诈，便催马赶到赵括身边劝道：“秦兵诡计多端，败得如此之快有点儿不可思议，恐怕另有奸计，我看元帅还是别追为好！”

赵括向来自以为是，接连两仗打得顺手，早被胜利冲昏了头脑，哪里听得进去。只见他满脸通红地骑在马上，高声嘶喊：“给我冲！杀！”前面秦将、秦兵一阵风似的钻进寨里，寨门立刻关闭。赵军刚靠近寨门就被乱箭射死一大片。赵括立在寨前大骂：“王龁，快快出来送死！”里面一点儿动静也没有。

他哪里知道这时调动秦兵的大元帅不是王龁，而是令列国兵将闻风丧胆的白起将军。他正准备攻寨，忽然快马来报：“后面的大军被秦军拦腰截断，分割包围了。”

赵括顿时吓出一身冷汗，大怒道：“好一个王龁，竟然背后捅我刀子。

将士们，给我回去救！”说罢率兵回师，刚行不到3里，又被一路秦兵拦腰杀来，刚一交手，就死伤几万人。这时，秦军一将高声喊道：“赵括，你给我听着，你中了我家白起元帅的计了，快投降吧！”

一听白起带兵杀进阵来，赵括好像胸口挨了一铁锤，坐在马上像魂儿出了窍，半天说不出话来。但他又转念一想：“兵书上说：兵不厌诈也。对，秦兵是故意拿白起的名字吓唬我。王龁呀王龁，这点儿小计能骗得了我吗？”想到这，他又强打着精神驱赶着兵马向前冲。士兵们听见敌将白起的名字早吓得腿发软，哪敢再战，向前冲了一阵，又丢下几万具尸体败下阵来。赵括见情况不妙，急忙鸣金收兵，一员副将急忙阻止说：“元帅，可不能收兵，拼死也要杀一条血路冲出去，如果迟了，前后被敌包围，想冲出去也来不及啦！”

赵括却认为兵书上有一段话很适用：越深入敌境，军心士气越牢固，敌人越不能战胜我方。但眼下要紧的是安下寨来稳定军心，养精蓄锐。他便派一支军马回赵国搬兵，到时候内外夹攻，何愁破不了敌兵。现在敌军蛊惑我军心，声称白起在阵前调动兵马，其实这是不可能的。那白起能从天下掉下来吗？

于是他下令安营扎寨，派一队人马冲了出去，直奔赵国王宫去搬兵。黄昏时分，白起率众兵已将赵军里三层外三层地团团围住，一围就是两个多月，赵括内无粮草外无救兵，士兵们粮食吃完了就挖草根、找野菜，或者剥树皮充饥。又过了十余天，野菜、草根、树皮都被吃得精光，饿疯了的士兵竟在大帐里砍起人来，先是老弱病残被杀，后来强壮的士兵之间也开始了拼搏。这时，赵括终于知道，白起确实就在两军阵前，一种难以言喻的恐惧袭上心头，他预感到灭顶之灾就要来了。那些天，他几乎

词语百宝箱

难以言喻　灭顶之灾

没日没夜地昏睡，没日没夜地做梦，有可怕的梦，也有甜美的梦，他几次都从噩梦中惊醒。

白起元帅带领秦军步步紧逼，缩小对赵括的包围圈，赵军营中弱肉强食、互相残杀，愈演愈烈。在内外交困的严峻形势下，赵括百般无奈，只得硬着头皮下令，竭尽全力杀出一条血路。

一个月色朦胧的清晨，赵括带着5000名精兵，分四路突围。不料，秦军早有防备，预先埋伏下弓箭手，见赵军在阵前出现，当即万箭齐发，把赵括四路人马杀得狼奔豕突。赵括的坐骑身上也被戳了几个窟窿，突然把赵括从背上抛向空中，再重重地摔在地上。赵括爬起来就想朝营中跑，可惜迟了，秦军的弓箭瞬间疾如雨下，把赵括浑身上下穿了个透，这位纸上谈兵的将军摇摇晃晃，最后终于轰然倒地了。白起手起刀落斩下赵括的首级，挑在招降旗上，营中的赵兵见主将大帅已死，纷纷放下武器跪地投降。

这一战，秦军得马匹数万，兵刃堆积如山，俘虏和收降赵军共计45万人。

虽然是胜利者，但望着像海浪一样层层叠叠的人群，白起和王龁的心里有点儿发怵，他俩商议再三，认为这么多的降兵降将，一旦有人策动造反，局面将很难控制，必须要有一个万无一失的办法。这天，白起下令，将投降的赵军编成10个兵营，由秦军10员大将调遣，同时，秦兵20万人分散到45万赵军的10座兵营中监视赵军的行动。

当天晚上，白起又发布一道密令：凡秦国兵将一律用白布缠头，无白布缠头者定是赵兵，子时行动把他们统统杀掉。秦兵们接到密令后潜

词语百宝箱

弱肉强食　愈演愈烈
朦胧　狼奔豕突

入赵兵10座营中，时间一到，像砍瓜切菜一样大肆屠杀手无寸铁的被俘赵军，一夜之间尸积如山，45万人的鲜血染红了漫山遍野的杜鹃，汇成一条红色的淙淙的溪流。从此之后，扬谷的水都变得血红血红的，后人把它称为丹水。

战事余波

长平之战是战国时期最大的一场战役，同时也是战国历史的最后转折。秦军取得了巨大胜利，为完成统一大业创造了有利条件。

斯巴达克起义

名|家|心|语

斯巴达克是大约2000年前最大一次奴隶起义中的一位最杰出的英雄。

——（俄）列宁

距今2000多年前，位于意大利半岛上的古罗马帝国建立在奴隶制基础之上。罗马奴隶主贵族集团一面对外疯狂掠夺，一面对本国奴隶阶级残酷压榨，造成了深重的社会危机。意大利本土上，从各国掠夺来的奴隶越来越多，由于不甘于当牛做马，不愿忍受日益残酷的压榨，奴隶们不断起来进行反抗斗争。罗马帝国处于动乱不安和风雨飘摇之中。当时，罗马帝国正在西班牙和小亚细亚两个战场上作战，国内守备空虚，为奴隶起义提供了有利条件。

著名的奴隶起义领袖斯巴达克原是巴尔干半岛东南部的色雷斯部族人，在抗击罗马侵略军的战斗中被俘。史书记载说："他体魄健壮，勇悍异常，臂力过人，但他和希腊人一样富有智慧和仁慈。"斯巴达克曾多次挣开铁镣逃跑，都被抓了回来，最后被卖到加普亚城一所角斗训练所，沦为一名角斗士奴隶。

在古罗马，奴隶被视为一种会说话的工具，被奴隶主当作牛马一样驱使，而角斗士奴隶的命运则最为悲惨。他们被奴隶主关押起来接受角斗训练，然后在竞技场上参加格斗、相互残杀，成为奴隶主贵族野蛮、残忍的消遣和娱乐的牺牲品。这种失去生存自由的处境使角斗士奴隶比其他奴隶更富于反抗精神。

公元前 73 年夏季的一天，斯巴达克率领着从训练所里冲杀出来的 78 名角斗士，冲上了险峻的维苏威山，点燃了争取自由的起义火炬。各地的逃亡奴隶纷纷前来聚集，斯巴达克的起义军很快有了 7000 人之众。

词语百宝箱

消遣 险峻 夜幕
溃不成军 人困马乏
胜券在握

罗马当局闻讯，由元老院派出执政官克罗狄乌斯率 3000 名士兵赶来，扼住从维苏威下山的唯一路口，企图把起义军困死山上。斯巴达克以“宁可战死，不甘饿毙”的话语激励同伴，又和战士们采集山上生长的野葡萄藤编成软梯，趁着夜幕爬下山去，悄悄来到敌人背后。凌晨，起义军从天而降，罗马士兵在睡梦中被喊杀声惊醒，四处奔逃，溃不成军，主将克罗狄乌斯也险些被活捉。

首战大捷，使斯巴达克和起义军威名远扬，吸引了更多渴求自由的奴隶，起义队伍一下子扩展到 7 万人。

斯巴达克率领起义军从意大利南部向亚得里亚海挺进。罗马元老院又派出执政官瓦伦涅率领的 1.2 万人的军团，兵分三路拦截起义军。激战一天后的傍晚，起义军人困马乏，被罗马军队围在一个山坳里。瓦伦涅自以为胜券在握，准备向元老院报捷。斯巴达克和战士们又安排下一个“金蝉脱壳”的妙计。战士们燃起一堆堆篝火，用死人的尸体绑在木棍上冒充哨兵，又留下号兵定时吹号。山地里烟雾升腾，火光时明时暗，号音时有时无，敌人被迷惑了。天亮时，起义军早已从狭窄的山路逃走了。待到瓦伦涅急急追赶起义军时，又一头钻进了起义军的伏击圈，被以逸待劳的起义军杀得人仰马翻，仓皇逃窜，瓦伦涅的私人卫队和坐骑都成为起义军的战利品。这一战使斯巴达克的名字传遍了整个罗马。

斯巴达克率起义大军转战意大利半岛，势如破竹，越战越强，到公元前72年，队伍已经扩大到12万人。罗马统治者派两个执政官带领大军前来镇压，都被起义军打败。

正当起义斗争如火如荼进行之际，起义军内部却出现了分裂。争取自由解放、挣脱奴隶主的枷锁和铁链，本是参加起义的每一个奴隶的心愿，但是，由于起义者成分不同，在如何才能争得自由的具体主张上，出现了重大分歧：以斯巴达克为首的绝大多数奴隶，不是意大利本土人，他们渴望翻越阿尔卑斯山，重返家园，成为自由人；起义军中还有一部分人是意大利的破产农民，他们主张进攻罗马都城，捣毁罗马奴隶制度，从而获得自由。离开斯巴达克的3万奴隶起义军被罗马军队击溃，首领克利克苏斯也在激战中英勇牺牲。

斯巴达克继续率军北进，终于抵达阿尔卑斯山脚下。阿尔卑斯山终年积雪，大队人马难以逾越，起义军又得不到当地富裕农民的支持，于是大军只好挥戈南下，打算从南部海岸渡海到西西里岛去。可是，当起义军突破敌军的重重阻截来到南部海岸时，由于拥有渡船的海盗得到了罗马贵族更多的钱，背弃了起初为起义军提供渡海船只的协定，斯巴达克的渡海计划落空了。

词语百宝箱

人仰马翻　如火如荼
逾越

此时，罗马军队换上老奸巨猾的奴隶主贵族克拉苏为军事统帅。大奴隶主克拉苏带领大军前来镇压，屡战屡败。但是在一年时间的周旋中，克拉苏采取步步紧逼、步步为营的方针，坚决把起义军堵在意大利半岛南端。凶残阴险的克拉苏在半岛最狭窄的地方构筑深沟上垒，企图堵截起义军的归路。但英勇机智的起义军突破了克拉苏的防线，向东海岸挺进。

在强敌压顶的关键时刻，起义军内部又一次发生分裂，分裂的原因与第一次一样。1.2 万名奴隶分裂出去后被克拉苏的军队消灭，进一步削弱了起义军的力量。

公元前 71 年，局势变得对起义军十分不利。在西班牙作战的罗马庞培军团被元老院召回，在小亚细亚作战的罗马军团已在布隆迪西乌姆海岸登陆，罗马军队两大主力形成对起义军的合围之势。原打算从布隆迪西乌姆渡海到巴尔干半岛去的起义军处于腹背受敌的境地。斯巴达克当机立断，回头迎战克拉苏的军团，双方在布林底西港附近展开决战。从清早到黄昏，英勇不屈的奴隶们奋勇冲入敌阵，罗马军蜂拥而至，石头和飞箭似蝗虫般飞向起义军，6 万多名起义军壮烈牺牲。

词语百宝箱

老奸巨猾　步步为营
腹背受敌　英勇不屈
蜂拥而至

在激战中，斯巴达克的大腿被敌人的一支镖枪刺中，掉下马来。一名战士送来一匹马，让斯巴达克冲出重围。斯巴达克大声喊道："这一仗打胜，我们就能缴获敌人的战马；这一仗如果打败了，还要这马做什么呢？"他刺死了这匹战马，屈下一只膝，举盾向前，奋勇杀敌，直到他和一大群包围他的罗马士兵一起倒下为止。

在罗马军团优势兵力的重围中，起义大军失败了，被俘的6000名起义军战士全部被钉死在从加普亚到罗马城的大道两旁。起义军余部转入到亚平宁山区，持续战斗达10年之久。

战事余波

斯巴达克起义是古代罗马最大的一次奴隶起义，给罗马奴隶主阶级以沉重打击，动摇了罗马奴隶制的根基，加速其灭亡，对历史进程起了巨大的推动作用。

犹太战争

名｜家｜心｜语

犹太人民没有自己的祖国，虽然有不少他们的诞生国……他们在任何地方都是宾客，没有自己的家。各民族从未视其为犹太民族，而只是视其为犹太人。

——（俄）列奥·平斯克

公元前 63 年，罗马三巨头之一的庞培占领巴勒斯坦，犹太王国随即成为罗马的一个行省，犹太人民陷入了罗马残酷的统治之下。此后，各种矛盾都汇集在这里，致使这一地区的局势动荡不安。征服者与被征服者之间、犹太人和非犹太人之间、犹太人内部不同阶级之间，以及罗马统治阶级内部之间都有矛盾，他们不断钩心斗角、明争暗斗，给这个地区的人民带来了深重的灾难，再加上残酷的经济剥削和宗教压迫，犹太人民终于到了忍无可忍的地步。

公元 66 年，罗马总督弗洛鲁斯派人四处搜刮掠夺耶路撒冷圣殿的财富，激起了犹太人的反抗，恺撒利亚爆发了犹太人与非犹太人之间的战争，战乱随即蔓延到耶路撒冷。罗马派军队进行镇压，屠

词语百宝箱

动荡不安　钩心斗角　忍无可忍

杀了两万多犹太人，全巴勒斯坦的犹太人随之起来反抗，犹太大起义正式爆发。

参加这次犹太大起义的主要是处在社会下层的犹太贫民，起义的领导者是吉拉德派的狂热党徒杰罗特和短刀党徒西卡，他们提出推翻罗马统治、消除犹太大地主和僧侣的口号，得到了广大犹太贫民的响应。很快，起义军占领了耶路撒冷、迦利利、约托帕塔、阿斯卡隆、加沙等城市和要塞，消灭了这些城市的罗马驻军和犹太贵族。罗马驻叙利亚行省的军事首领加鲁斯闻讯后，立刻派大军前去镇压，结果被起义军打得落花流水。

起义震动了整个罗马帝国，罗马皇帝尼禄不敢掉以轻心，于公元 67 年派大将韦帕芗率领 6 万罗马大军镇压起义军，结果遭到犹太起义军的沉重打击，韦帕芗也因为忙于争夺罗马帝位，没有卷土重来。

公元 69 年，韦帕芗登上罗马皇帝的宝座，派他的儿子蒂图斯率领 7 万大军围剿犹太起义军。起义军誓死保卫耶路撒冷，蒂图斯绞尽脑汁，久攻不下，不得不带领人马修筑土墙，施展围攻战术，城里的起义军很快弹尽粮绝。公元 70 年，蒂图斯带领罗马军从耶路撒冷的南边攻入了城中，并通过云梯进入北城，耶路撒冷最终被罗马大军占领。罗马人将这里洗劫一空，对犹太人进行了残酷的大屠杀，原有的 60 万人只剩下 7 万人，其余的都惨死在罗马人的屠刀下，起义军首领西蒙被处死，约翰惨死罗马狱中，耶路撒冷几乎成为一座空城。

但是犹太起义军没有屈服，在这以后很长的时间里，他们继续进行着不屈不挠的斗争。公元 131 年，哈德良皇帝再次将耶路撒冷的犹太人赶出家门，遭到了全体犹太人的反抗，他

词语百宝箱

落花流水	掉以轻心
卷土重来	绞尽脑汁
弹尽粮绝	不屈不挠

们再一次会集起来，同罗马人展开了斗争。哈德良皇帝为了彻底肃清犹太人，于公元135年将圣城耶路撒冷夷为平地，犹太人的家园变成了一片废墟，他们被迫背井离乡，四处流浪。两次犹太大起义都以犹太人的惨败而告终。

战事余波

犹太人民用勇敢顽强的斗争给予了罗马统治者沉重的打击，树立了保家卫国、捍卫自由和为独立而英勇斗争的光辉典范。这场战争也标志着犹太民族全球流浪史的开始。

官渡之战

名|家|心|语

官渡之战，袁绍兵十余万，曹操兵仅十分之一，击破之。

——赵翼

公元200年2月，袁绍亲率10余万冀州精兵，进抵黎阳（位于黄河之北，今河南浚县东北）。为使大军能顺利地渡过黄河，他派了自己最信赖的大将颜良先渡过河去，拿下和黎阳隔河对峙的白马（今河南滑县东）。

曹操闻讯，带上张辽、关羽等大将，统兵北上迎敌。随军谋士向曹操献上了声东击西的计策。曹操依计而行，亲率大军西进到延津（今河南延津北），诱袁军主力西移，然后大军向东，突袭白马，消灭颜良，沿河向官渡（今河南中牟县东北）撤退。

袁绍听说颜良被杀，曹军已向官渡退去，决定亲自率领大军渡河南进。公元200年8月，袁军推进到官渡后，靠沙堆结屯，东西蜿蜒数十里，与曹操的营垒对峙。

两军长期对峙，袁绍虽然不能取胜，但曹操却已陷入窘境。曹操写信给留守许都的荀攸，打算退回许都固

词语百宝箱

声东击西
蜿蜒　窘境

守。荀攸回信说服曹操固守官渡，曹操决定和袁绍周旋到底。他派兵赶走刘备，镇压了地方反抗势力，稳定了后方。两军相持，军粮能否源源不断地供应，是决定胜负的条件。曹操除采用武装运送军粮外，一直注意袁军的运粮动态。

恰好这时，偏将军徐晃的部将史涣抓到了袁军的一个探子，押解到徐晃营里，盘问下来才知道，袁绍派将军韩猛从冀州押运几千辆粮车到官渡北面几十里的故市（今河南延津境内），很快就要到了。徐晃忙把这消息告诉了曹操。曹操派徐晃和史涣带着骑兵出发，接着又派张辽和许褚两员大将前去接应。

果然，韩猛于当晚押着几千辆粮车过来了。进入山谷时，徐晃和史涣突然杀出来。韩猛心慌意乱地对付着徐晃。史涣带领一部分骑兵从后面放火烧粮草，韩猛抵挡不住，仓皇逃跑。

袁军的将士望见北边起火，火速报告袁绍，袁绍正要打发人去探听详情，韩猛的败兵跑来报告了。袁绍一听粮食被毁，立刻派张郃和高览两将军前去对敌。

这两人领兵到了半路，正碰上徐晃和史涣烧了粮车往回走。两军一接触，便打了起来。交锋没多久，背后张辽和许褚的兵马赶到，杀散袁兵，四个将军会在一起，急匆匆赶回官渡去了。

韩猛只身回报袁绍，袁绍气得要杀韩猛。众将官代他求情，韩猛这才被免了死罪。

这时，审配对袁绍说："路上的粮车被毁，数量有限，乌巢（在今河南延津近旁）可是藏粮之地，得派精兵守卫呀！"

词语百宝箱

盘问　心慌意乱

袁绍听了，漫不经心地回答说：“我早就准备了。你还是回邺城去，监督粮草的筹集，将粮草不断地向乌巢运送。”审配被打发去了。

这年的10月，袁绍又派军队到乌巢去取粮草。

沮授又对袁绍说：“乌巢那儿要加强防卫！运粮道上也要派军队巡逻，提防曹军劫粮！”

袁绍听了，不以为然，没回答他。他想：乌巢离大营只40里路，那里已有淳于琼的一方人马守卫，怕什么？

沮授见袁绍不搭理他，便闷闷不乐地退了出去。他刚出门，另一个谋士南阳人许攸进来，他是来给袁绍献计的。

原来，曹营里也缺粮食，曹操特地打发使者到许都去催。这个使者被袁军捉住，送到许攸那儿。许攸搜出曹操写给荀攸催粮的信，就赶来对袁绍说：“曹操屯兵官渡已经8个月了，许都必然空虚。我们只要分一路人马趁着夜色去袭击，一定能拿下许都。曹操在官渡缺粮短草，我们两路夹攻，定能活捉曹操。”说着，他把曹操屯粮的信递给了袁绍。

袁绍看完信，说：“曹操诡计多端，你怎么知道这封信不是故意写给我们看的？这是诱敌之计，我可不上他的当！”他把信扔给了许攸。

许攸万没想到他的计策会遭到袁绍一口回绝，退出袁府，投奔曹操去了。

许攸趁着夜色，一路小跑，奔到了曹营附近的一片小树林里。这里埋伏着一队曹操的士兵，士兵们将他捉住。许攸说：

“我是丞相的老朋友。快去通报，说南阳许攸来拜访。”士兵们不敢怠慢，一面去通报，

词语百宝箱

漫不经心　巡逻
不以为然　闷闷不乐

一面领着他到了大营。

这时，曹操已脱了衣服，准备睡觉，一听说许攸来了，竟来不及穿靴，趿拉着鞋出来迎接了。他高兴地拍着手说：“哎呀，子远（许攸字），您肯来，我就好啦！”

许攸与曹操原来是一对好朋友。两个人一坐下，曹操就跟他商量如何对付袁绍。

许攸说：“有人说许都空虚，教袁绍兵分两路出击：一路进攻官渡，一路袭击许都，叫您顾此失彼，难以应付。”

曹操听了，吓出一身冷汗，说：“那还了得，是谁献的这个毒计？”

许攸笑着说：“还有谁呢？只是袁绍不听这个人的话，还把他一家老小下了监狱，他被逼得只好改换门庭了。”

曹操无限感激地说：“袁绍不听您的话，怎么能不失败呢！现在您来了，我可要依靠您了。”

许攸问：“您营里还有多少军粮？”

曹操回答说：“还可以坚持一年。”

许攸冷笑一声，说：“不对吧。”

曹操忙改口说：“半年，半年。”

许攸生气了。他站起来说：“告辞了！”

曹操慌忙把他按住，说：“怎么啦？”许攸责备道：“我诚心诚意来投奔您，可您为什么不能信任我？”

曹操忙解释：“请别见怪，这种事不好说。”又放低声音，凑近许攸的耳朵：“军营里只有这个月的粮了，您说怎么办呢？”

词语百宝箱

顾此失彼　改换门庭
诚心诚意

许攸正色道："内无粮草，外无救兵，失败就在眼前。我有一计，定能让您转败为胜。袁绍有粮食 1 万多车，全部囤积在乌巢，派淳于琼守护。淳于琼是个酒鬼，防备松懈，您只要派几千骑兵，偷偷地摸进去，将粮食烧了，不出 3 天，袁军不战自败。"

曹操听了，连连点头，忙叫部下端来酒菜，两个人边吃边谈，直至后半夜。

第二天，曹操同亲近谋臣讨论许攸的建议，宣布行动计划：留下曾洪坚守大营，夏侯惇、夏侯渊带领一支人马埋伏在大营左边，曹仁、李典带领一支人马埋伏在大营右边，以备不虞。张辽、许褚在前，徐晃、于禁在后，自己在中间，率领 5000 精兵，趁着朦胧夜色，从小道去偷袭乌巢。当夜，曹军打着袁军的旗帜，每个士兵带着一捆干柴，每人嘴里都衔根筷子，马嘴用绳子缚着，静悄悄地出发了。走着走着，已进入有袁军驻扎的地方。

袁军问他们："哪儿来的？"他们回答得挺干脆："袁公怕曹军来劫粮，派我们到乌巢去加强防守的。"袁军见打的是自家的旗帜，就让他们过去了。

就这样，骗过了多处岗哨，顺利地到了乌巢。

曹军一到乌巢，就立刻散开，在袁军的粮囤周围点燃干柴，大火顿时燃烧起来。袁军从梦中惊醒，望着熊熊烈火，一个个张皇失措，乱作一团。拂晓，淳于琼酒醒，见曹军兵少，又匆忙指挥军队出营迎战，阵势尚未摆好，曹操就命令军队奋起反击。淳于琼的兵士抵挡不住曹军的进攻，只好退回营中固守。

袁绍得到乌巢粮囤被烧的报告，大惊失色。他出营一看，只见东北方向火光冲天，知道乌

词语百宝箱

张皇失措　大惊失色

巢的粮草被烧，于是立刻召集文武官员商议发兵去救。

谋士郭图说："曹军劫粮，必然由曹操亲自率领，这下曹营空虚，我们可以派一部分兵马去救乌巢，用大部队去袭击曹操的大营。曹操知道大营挨打，就会赶回官渡。这样，我们不但救了乌巢，而且夺取了曹营。这就是孙膑'围魏救赵'的打法呀！"

袁绍听了，便催张郃和高览快去攻打曹营，另外派蒋奇去救乌巢。

正当曹操督励士兵进攻乌巢的时候，探子来报，说袁绍援军快赶到了。

曹操下令说："攻打敌营，不要管什么援军不援军，敌人不到背后，就不要向我报告！"于是，曹军全力冲杀，终于在敌人援军到来之前攻破了敌营，烧毁了敌人全部存粮。

蒋奇等带领一队人马向乌巢奔来，途中碰到淳于琼的残兵败将。蒋奇骂他们没用，叫他们站在两旁让自己的人马过去。没想到从淳于琼的队伍中站出张辽、许褚来，他们大喝一声："蒋奇看刀！"蒋奇猝不及防，被张辽一刀砍下马来。原来曹操消灭了淳于琼的军队，把他们的旗帜和衣服都拿来，叫张辽和许褚的士兵扮成淳于琼的残兵败将去截住袁绍的援军。蒋奇中了计，落得个全军覆没的下场。

张郃、高览进攻曹营，只对付中路，没想到左边夏侯惇、夏侯渊，右边曹仁、李典，中路曹洪，一齐杀出来。袁军抵挡不住三路攻击，大败而逃。

他们还没有逃回大营，乌巢一些被割了鼻子的士兵倒先到了。这些士兵是曹操故意放回来羞辱袁绍的。他们说话咿咿哇哇，把袁绍的

词语百宝箱

围魏救赵　猝不及防

鼻子都气歪了。袁绍问他们怎么丢了乌巢，他们回答说："淳将军只顾喝酒，对敌人的袭击毫无防备。"袁绍气不打一处来，当即下令部下将淳于琼拉出门外斩了。

郭图站在一旁吓得发抖，忙将自己的过错推给别人。他凑在袁绍的耳边说："张郃和高览见将军兵败将亡，心甚欣喜。"袁绍问："他们为什么会这样呢？"

郭图回答说："他们二人素有降曹之心，攻打曹营有意不用心，以致吃了败仗。"

袁绍听了，气得又派人去召张郃、高览快到大营里来受审。

此时，高览、张郃打了败仗，正怨袁绍指挥失当，现在见袁绍反派人来召他们去受审，他俩一狠心，杀了袁绍派来的人，带着自己的亲信兵马投降了曹操。

袁绍失了一个谋士许攸，跑了两个将军——张郃和高览，乌巢的粮食又全烧了，白天提心吊胆，晚上更是坐立不安。果然，这天到了三更时分，曹军攻了过来，打头阵的还是自己人张郃和高览的士兵。他们本来是一家，有的还是朋友。张郃、高览的士兵一招呼，还真有一部分袁绍的士兵跑过去了。袁军乱打一气，死的死，伤的伤，投降的投降，到了天亮，各自收兵，袁绍这边的人马少了一半。

袁绍正在大营惊慌失措的时候，将士们进来报告："外面沸沸扬扬地传说曹操分兵两路：一路取酸枣，进攻邺郡；一路取黎阳，截断我们的归路。"

袁绍一听到这个消息，马上派 3 万人马去救邺郡，再派 3 万人马去救黎阳，连夜起行。其实，曹操哪来这么多兵马分两路进攻？他是采用了许攸的计策，叫人到处去散播这消息，使袁绍中了计。

袁绍 6 万人马分两路退去。曹操探听到袁绍果然调动兵马，就指挥全军，冲杀过去。袁军不敢对阵，四散逃走。袁绍和他的儿子袁谭来不及戴头盔，穿铠甲，就穿着便服戴着头巾上了马，带着 800 多骑兵，匆匆地渡过河去。

曹操大获全胜，前后杀伤和俘获袁军七八万人。

战事余波

官渡之战，袁绍的主力部队基本上被消灭，曹操的兵力大大增强，为他统一北方，奠定了基础。

淝水之战

名|家|心|语

淝水之战，是军事问题，更是政治问题，民族与文化问题。

——陈寅恪

公元383年秋天，自称大秦天王的苻坚率领90万大军从长安出发向南进军。

走了整整一个月，苻坚的主力部队才到达项城（在今河南南部），从兰州下来的人马已到达彭城（今徐州）。他们打算兵分两路，同时向江南逼近。

这个消息传到晋国的都城建康（今南京），把晋孝武帝吓坏了，满朝文武也失去了主张，都把目光集中在宰相谢安身上，想请他拿主意。谢安却坐在一边，捻着胡须，一言不发。

晋孝武帝问他有何见教，他只淡淡地说："没别的办法，只有拼死一战。"

他向皇上建议，自己坐镇建康，派弟弟谢石代理征讨，大都督负责指挥全军，侄儿谢玄任前锋都督，带领8万人马北上迎击秦兵，又派胡彬带领5000水兵到寿阳（今安徽寿县）去配合主力作战。晋孝武帝看谢安说得有条有理，便采纳了他的建议。

谢安派出的大将胡彬，沿淮河火速往寿阳赶。还没

词语百宝箱

见教　坐镇

到目的地，就听说寿阳已被苻坚的队伍占领了，胡彬只得退到硖石（今安徽凤台西南），扎下营寨，等待与谢石、谢玄的大军会合。他做梦也没想到，秦军又抢先一步，截断了他的退路，把他的人马团团围住。急得胡彬六神无主，命人偷偷送信给谢石，想把自己的困境告诉他。

谁知那送信的士兵在偷越秦兵阵地时被逮住了，那封信很快落到苻坚手中，苻坚看了，嘿嘿冷笑："看来，晋朝的末日不远啦！"苻坚当机立断，亲自带领 8000 骑兵赶到了寿阳。这时，晋军已被围困多日，军粮日渐减少，不少将士因水土不服，染上了疾病，情况十分危急。苻坚心想，晋军已不堪一击了，不如派个使者到谢石那里劝降，免得自己费力。

他派出的使者叫朱序。这个朱序曾在襄阳一战中抵抗过秦兵，后来被苻坚俘虏了，每想起被俘的情景，心里总不是滋味，正愁为晋朝找个立功补过的机会，没想到苻坚竟派他去劝降，真是天赐良机！

谢石听说秦朝派来了使者，把手朝下一劈："不见！"

那士兵又通报说："来者自称与你是老朋友。"

谢石一惊，在屋中踱了几步，道："传他进来！"

朱序见到谢石，激动得两眼发光，四下看看，欲言又止。谢石把手挥挥，叫两边卫士退下。朱序这才悄声告诉他，别看秦兵来势凶猛，主力部队还在项城，离这儿远着呢！苻坚只带了 8000 骑兵秘密来到寿阳，只要晋朝派一支精兵，敲掉这支前锋，秦兵必然全线崩溃。

谢石一把抓住朱序的手："太好了，你带来的情报太及时啦！"

朱序一走，谢石便召集几员大将连夜研究，大家都认为在寿阳的秦兵力量很强，没有取胜

词语百宝箱

六神无主　当机立断
不堪一击

的把握，不如先攻洛涧（今安徽定远县西南），那里只有部分秦兵的先锋部队。

几个年轻的将官认为就按朱序的办法，一竿子到底，攻下寿阳，活捉苻坚。

谢石望着帐外的青山，沉吟不语。他虽然和朱序有过交情，但他毕竟是从秦国来的，他带的情报是真是假还难以判定，万一中了他的圈套呢？

又商议了一阵，最后统一了意见，先派5000精兵攻打洛涧，做一次试探性的袭击，然后再决定下一步行动。这5000精兵不愧是谢石带出来的"北府兵"，他们披星戴月地行进，犹如猛虎下山一般直扑洛涧。那里的秦兵还没弄清楚是怎么回事，就被打得晕头转向，狼狈而逃，一直跑到淮河边。船少人多，许多人跌进水中被活活地淹死了。

谢石指挥着大军，乘胜追击，一直打到淝水西岸，把人马驻扎在八公山下，和驻在寿阳的苻坚隔岸对峙。

苻坚还蒙在鼓里，突然听说洛涧失守，头上像挨了一闷棍，连饭也吃不下，叫人快扶他上城楼去散散心。其实，哪是散心，是想看看对岸晋兵的阵势。

放眼一看，一座座营帐错落有致，一面面军旗在夜风中飘拂。再往远处看，八公山上好像埋伏着数不清的晋军，阵势严整，十分威武。苻坚问身边的卫士："那山上到底有多少人马？"卫士睁大眼细看，什么也看不见，便说："大王眼花了，把八公山上的松树和衰草当成晋兵了吧？"

苻坚长长地叹了口气："是啊，人老了，眼花了，真是草木皆兵哪！"

苻坚毕竟久经沙场，当下命令秦军按兵不动，严密防守，一面又抓紧时间把北方的军队

词语百宝箱

沉吟　披星戴月

晕头转向　闷棍

错落有致　草木皆兵

往寿阳调。这一招又使谢石焦虑万分，如果再拖下去，等各路秦兵到齐了，无论如何对晋军是不利的。他想了很久，忽然想起苻坚是个性急的人，不如先想办法激他一下，看他如何行动。于是，谢石给苻坚送去一封信，信中写道：“你带领大军来到晋国，本想与我决一雌雄，可却在淝水止步不前，这像打仗的样子吗？如果你敢把阵地稍稍朝后撤一点儿，容我渡过淝水，我们就可以在战场上比试高低了。这样，我才佩服你的胆量！”

一番话，激得苻坚周身冒火。心想，要是不撤，不正是表明承认自己害怕吗？他马上把将官们叫到一起，提出后撤的主张。话音刚落，立即遭到众人的反对：“这不明摆着给晋军留条活路吗？不撤，我们不撤！”

苻坚眨眨眼悄声道：“我们可以趁他们渡河时，冲下去把他们消灭掉！”

众将官这才勉强答应。

约定渡河的时刻来到了，苻坚一声令下，秦军连忙往后撤。他们本想撤出一块阵地再回过头对晋军发动总攻，没想到许多秦军将士由于长期作战，产生了厌战情绪，还有许多人十分惧怕晋军，一听到后撤的命令，拔腿就跑。无论苻坚怎么下令停止撤退都刹不住这如潮水一般的退兵。

谢石的骑兵却像插了翅膀一样飞快渡过了淝水。

在秦军混乱之时，朱序趁机在秦军后面起哄，喊着：“秦兵败啰！秦军败啰！”后面的士兵不知前面的情况，也跟着没命地狂奔。苻坚气急败坏地挥着宝剑，想把阵脚压住，但哪能挡得住，一群退兵冲过去，竟把在人群中大喊大叫的苻坚冲得栽倒在地。

“啊，冲啊——”

后面的晋军风一般地卷了上来。主将苻融正要迎战上前，却被一杆长枪刺中了咽喉，当场毙命。苻坚一看不妙，翻上马背，拼命地往北跑，跑着跑着，一支流箭射中了他的肩膀，苻坚顾不得疼痛，狂鞭催马，一口气奔出100多里才停了下来。

晋军乘胜追击，秦军没命地逃跑，跌倒的、受伤的、踩死的，不计其数。那些正在逃命的士兵，一听到风声和鹤鸣，也以为是晋兵追赶的喊杀声，顿时吓得脸色发白，全身发抖。真是风声鹤唳，令人胆寒哪！这场战争以晋军的胜利而告终。

战事余波

淝水之战后，前秦一蹶不振，北方各民族纷纷脱离前秦统治，而东晋的力量却一天比一天强盛，此后数十年间东晋再无外族侵略。

哥特战争

名｜家｜心｜语

所有罗马人和蛮族人的鲜血几乎把整个地球都染红了。

——（拜占庭）普罗柯比

罗马在全盛时代的疆域，北至不列颠，南至埃及，西到西班牙，东到波斯。无论在什么地方，罗马的军队都是所向无敌的。公元476年，西罗马帝国灭亡了。但东罗马（拜占庭）帝国依然存在。

公元527年，颇具雄才大略的查士丁尼当上了东罗马皇帝。此时帝国版图已支离破碎，高卢被法兰克人占领，北非和西班牙则分别由汪达尔人与西哥特人占据，意大利则沦入东哥特人之手。查士丁尼决心要恢复古罗马帝国全盛时代的疆域，夺回被蛮族占据的领土。

然而，查士丁尼皇帝的宝座还没坐稳，国内就爆发了著名的“赛车场起义”，愤怒的民众试图攻打政府、皇宫，推翻他的统治。人们捣毁贵族宅第和店铺，打开监狱释放囚犯，甚至焚烧教堂，就连索菲亚大教堂也被焚毁。查士丁尼慌忙派大将贝利撒留率兵前去镇压起义。有4万名起义民众惨遭屠杀，血染赛车场，查士丁尼才得以保住皇帝的宝座。

词语百宝箱

雄才大略　捣毁

贝利撒留堪称是拜占庭最杰出的统帅。查士丁尼继位时，拜占庭与东方强邻波斯的军队对峙30余年仍不分胜负。查士丁尼派贝利撒留指挥对波斯的战争，不久就取得了决定性的胜利，迫使波斯与拜占庭达成为期50年的和约。随后，拜占庭的剑锋又指向了北非的汪达尔王国。公元533年6月，贝利撒留统率着500艘战船和1.5万名士兵在北非登陆，几个月之内捣毁汪达尔王国，俘虏其国王，使北非重新成为拜占庭的组成部分。当他回国之日，皇帝为他举行了罗马帝国500年才有一次的凯旋式军礼，君士坦丁堡万人空巷，民众们都出来一睹这位英雄的风采。

在扫清了外围之后，查士丁尼决心出兵罗马帝国的发祥地——意大利。在过去数十年间，这里一直处于东哥特人的统治之下。查士丁尼再次任用贝利撒留进兵意大利，这就是历史上著名的“哥特战争”。

公元535年年末，贝利撒留踏上征途。但这次皇帝让他完成这一庞大征服计划的兵力只有少得可怜的7500人。他三思之后，决定先占领西西里岛作为立足之地，然后于公元536年5月率军渡过墨西拿海峡，攻击沿海重镇那不勒斯。这里城墙陡峭坚固，东哥特军储存了充足的粮食，凭险坚守。贝利撒留攻打了20天仍未拿下，但他发现了一条因干涸而弃置不用的高架水道，顿时计上心来，便派400名士兵趁夜从这条干枯的水道爬进城去，为主力部队打开城门，里应外合，顺利地攻陷了这座城池。

那不勒斯被攻克使东哥特人惊恐万分。他们废黜了指挥作战不力的国王提奥达图，拥戴一个名叫维提杰斯的武士为王。此人凶悍、勇猛，指挥有力，他从各地调集军队，决心与贝利撒留决一雌雄。

此时贝利撒留的军队已逼近罗马城。那些

词语百宝箱

对峙　俘虏　万人空巷
立足之地　里应外合
废黜

西罗马帝国的遗老遗少们迫不及待地打开城门，迎接东罗马军进城。公元536年12月10日，罗马城在被蛮族占领60年后又由贝利撒留重新夺了回来。他派人飞速向拜占庭报捷，同时趁暂无战事之机加紧修缮城防，召集罗马的青壮年参军以补充兵源，防备敌军反攻。

果然，东哥特王维提杰斯集中了15万大军，于公元537年3月把罗马城团团包围，想一口把拜占庭军"吃掉"。但他们在几次攻城中都损兵折将，战死3万多人。贝利撒留消耗了东哥特大部分军力。一年多之后，东哥特人终于坚持不住了，他们烧掉营帐，主动撤围向北退去。

东哥特人退守都城腊文纳。公元539年年底，贝利撒留进军攻打这座都城。东哥特人想出一计，派遣使节以利害关系说动波斯王科斯罗从东方进攻拜占庭。贝利撒留眼看就要打下腊文纳，却突然接到停止攻击的命令，对此贝利撒留表示反对，他决心打下整个意大利，结束这场旷日持久的战争。

东哥特人想投降，但又不愿接受查士丁尼的专制统治，而宁愿拥戴英勇无敌的贝利撒留当他们的皇帝。他们提出："如果贝利撒留做我们的皇帝，便甘愿投降。"为尽快结束战争，贝利撒留口头上表示同意，等东哥特人投降后，他立即表示拒绝称帝。看到他这么深得意大利民心，查士丁尼不禁起了极大的猜疑，急忙命他回国。当这位忠诚的常胜将军带着东哥特国王和无数金银财宝凯旋时，竟遭到解职的冷遇。

不久，因东哥特人反抗，战争再起，罗马很快失守，拜占庭军节节败退。万般无奈之下，查士丁尼只好再次派贝利撒留去意大利指挥，但却不肯派给他军队。贝利撒留又一次占领了罗马城，但因军力不足，无法彻底击败东哥特人，而只能带所部人马辗转于沿海一带。苦战5

词语百宝箱

迫不及待　修缮
损兵折将　旷日持久
冷遇

年之后，皇帝再次召他回国，把军事指挥权交给了宠臣那锡士。那锡士夺得了本该属于贝利撒留的哥特战争胜利的桂冠。

贝利撒留虽退隐在家，但功高震主。他征服了北非，收复了罗马城，打赢了哥特战争，后又击败匈奴，拯救了帝国首都拜占庭，在国人心目中享有至高无上的威望，皇帝对他的猜疑也越来越大，不久他便以“谋反”的罪名被抄家。据《秘史》一书称，贝利撒留晚年甚至被查士丁尼弄瞎双眼，被迫去沿街行乞。

战事余波

查士丁尼虽然赢得了哥特战争的胜利，但这不仅没有使拜占庭帝国更强大，反而削弱了拜占庭帝国的国力。公元 565 年，查士丁尼死后，他所收复的领土又再度失去。

普瓦捷会战

名｜家｜心｜语

没有查理·马特和他的胜利，法国将是阿拉伯的一个省。

——（法）伏尔泰

普瓦捷会战是公元732年，查理·马特率领的法兰克人与阿拉伯人进行的一次会战，史称普瓦捷会战或图尔会战。

公元610年，穆罕默德在麦加城创建了伊斯兰教。

此后，穆罕默德及其后继者在伊斯兰教的旗帜下不仅迅速统一了四分五裂的阿拉伯地区，而且还以圣战的名义大规模地向外扩张。公元711年，阿拉伯人在征服了整个西亚和北非地区之后，又挥师渡过了地中海，灭掉西哥特王国，占领了比利牛斯半岛，很快建立了横跨欧亚非三大洲的封建大帝国。随即大马士革的哈里发苏莱曼把消灭拜占庭，征服整个基督教世界，确立为自己的战略目标。

于是，哈里发苏莱曼决定把君士坦丁堡作为第一个攻占的对象。公元717年8月15日，阿拉伯人的数十万军队出现在君士坦丁堡的城下。但事与愿违，阿拉伯人围城十几个月，不仅没有攻克君士坦丁堡，反而还被“希腊火”烧成了“秃毛鸡”，大败而归，损失惨重。

词语百宝箱

长治久安　强悍　威慑

拜占庭帝国皇帝李奥乘胜扩大战果，把阿拉伯人的势力逐出小亚细亚。阿拉伯人并未因此次挫折而放弃实施占领欧洲、把地中海变成阿拉伯内湖的战略目标，决定采取迂回战术，以西班牙为基地，越过比利牛斯山，进军法兰克王国，征服日耳曼世界，然后再攻下君士坦丁堡，凯旋大马士革。

这样，信奉伊斯兰教的阿拉伯人与信奉基督教的法兰克人之间的战争就不可避免了。法兰克王国是西方基督教世界最强大的国家之一。公元715年查理·马特继任宫相之后，为了长治久安，进行采邑制改革，建立起一支职业性的重装骑兵。这不仅为骑士制度奠定了基础，而且也为击败阿拉伯人的侵略做好了准备。

公元731年，西班牙总督阿布德率领数万阿拉伯军队踏上入侵法兰克王国的征程。阿拉伯军队主要是轻骑兵，他们行动迅速，非常强悍勇猛，因而具有巨大的威慑力量。阿拉伯人在征战过程中，把所占领的土地归阿拉伯哈里发的国家所有，而掠城的财物则按《古兰经》的规定进行分配：先知及其氏族得1/5，步兵得1/5，骑兵得3/5。这样就激发了士兵发战争财的热情。

他们还把侵略当作圣战，在“前面就是天堂，后面就是地狱”的战斗口号的鼓舞下对外进行扩张。阿布德集中他的军队主力从陆路向法兰克王国腹地挺进，侵略矛头直指波尔多。阿基坦公爵欧多与之交战，欧多失败，波尔多被攻占，被敌军烧杀抢掠一空。就在阿拉伯人大举入侵法兰克王国之时，宫相查理·马特立即率军南下迎击阿拉伯人。

曾闹独立的阿基坦公爵欧多，面对阿拉伯人的入侵只得放弃独立，投奔查理·马特，以便共同抵御侵略者。为了统一行动，更有效地打击敌人，查理·马特特意给欧多写了一封信，大意是：现在最好不要阻止阿拉伯人的前进，过早地发动进攻。这是因为阿拉伯人正处于狂热之中，他们那无限的贪欲和必胜的信心，促使他们鼓足了勇气，勇气比兵器和人数更厉害。因此，我们要忍耐，等他们满载而归时再攻击他们，那时他们发了财，已丧失了斗志，我们向他们发动攻击，肯定能取得胜利。欧多听从了查理·马特的指挥，没有过早行动。

查理·马特的突然出现，使阿拉伯人大为震惊，因为他们现已掠夺了大量的财物，所有的骡马都载满了财物，丧失了灵活性。为了迎击查理·马特的进攻，阿布德曾打算放弃这些胜利品，但他做不到这一点，这是因为他的部下不肯服从命令。公元 732 年 10 月，在对峙 7 天之后，两军在图尔地区开始了军事会战。最初，只进行了几次小规模的战斗，之后，阿布德决定向提尔斯退却。然而，当他发现劫掠的财物还未运出战斗区时，遂决定停下来接受会战。

阿布德的军队主力是轻骑兵，惯于使用枪和剑，很少使用弓矢，也基本不穿甲胄，机动性很强，是一支纯粹攻击性的军队，而弱点就是不善于防御。基于此，无论在何种环境下，阿布德都发挥自己的优势，把攻击放在首位。查理·马特的军队，经过军制改革，骑兵和步兵兼而有之，骑兵是贵族化的重装骑士部队，他们穿着甲胄，行动虽然不如阿拉伯人的轻骑兵那样灵活，但能攻善防，具有很强的战斗力，优于阿拉伯人的轻骑兵。步兵也身穿盔甲，不易受到标枪刀剑的伤害。每个步兵还手持盾牌，当他们面对骑兵

词语百宝箱

满载而归　纯粹

进攻时，可用盾牌组成铜墙铁壁似的盾墙。步兵的武器有刀剑、匕首、标枪和两种不同用途的战斧，一种是舞动的，另一种是投掷的，具有很大的杀伤力，特别是对轻骑兵，能构成极大的威胁。这就是查理·马特不急于出战，采取先防御后进攻战术的原因所在。他把军队列成一个坚强的方阵，步兵在前，其核心是法兰克的亲信部队，即重装骑兵，准备迎战。阿布德开始组织他的骑兵向法兰克军队发起猛烈的冲击，会战开始。阿拉伯骑兵一次又一次地向法兰克人的方阵冲击，但丝毫没有动摇法兰克人的阵容。法兰克人手臂粗壮，手掌如铁，不仅用盾墙挡住了阿拉伯人凶猛的冲击，而且用刀剑和战斧砍杀了许多阿拉伯人。战斗进行到黄昏时分，欧多公爵率领他的阿基坦部队加入战斗。他没有参加正面进攻，而是绕过阿拉伯军队的侧翼，向阿布德的营地发动突然袭击，那里堆放着抢劫来的无数财宝。阿拉伯军人听到营地被劫的消息，立即退出战斗返回营地。但营地早已被阿基坦的军队占领了，他们的首领阿布德这时也成了刀下鬼。他们看到营地已丢，统帅已死，败局已定，遂溃散而逃。这时，天已经黑暗，查理·马特收兵回营，会战暂停。翌日，查理·马特又排兵布阵，准备抗击阿拉伯人的新进攻。

词语百宝箱

亲信　溃散

逃之夭夭

可是他的侦察部队很快回来向他汇报说，阿拉伯人昨晚就逃之夭夭了。查理·马特听到敌人南逃的消息，没有命令部队追击逃敌，而是搜集阿拉伯人南逃时丢弃的劫掠物，就回师北上了。

普瓦捷会战，法兰克人只损失了1500多人，而阿拉伯人则死亡几万人。查理·马特以极小的代价赢得了辉煌的胜利。公元735年，欧多去世，查理·马特进军阿基坦，强迫欧多的两个儿子臣服于他。在以后的4年中，查理·马特多次与阿拉伯人交战，这可谓图尔会战的继续。战争的结果，迫使阿拉伯人撤回到比利牛斯山以南地区，伊斯兰教徒征服欧洲，把地中海变成阿拉伯帝国内湖的阴谋终于化为泡影。

战事余波

此战的胜利，对西欧乃至整个欧洲的历史发展都产生了巨大影响。首先它避免了欧洲，特别是西欧被伊斯兰化，从而使西方文化得以在基督教的外壳下保存和发展。其次，它为查理曼帝国的诞生准备了条件。

英法百年战争

名|家|心|语

贞德远远超越于寻常人之上，在1000年里无人能同她相媲美。

——（英）丘吉尔

1154年，法国安茹伯爵亨利二世继任英格兰国王，建立起一个拥有英格兰和法国广阔领地在内的强大的安茹王朝。法国当时分裂为多个封建领地，而法王实际上只辖有被称为“法兰西岛”的狭长地区的巴黎至奥尔良。英王亨利二世本是法王的封臣，但他在法国拥有的领地远远超过法王，其势力更是凌驾于法王之上，所以成为法王实现国家统一的最大障碍。

13—14世纪，法王展开统一国家的运动，夺回了被英国长期占领的大片领地，也由此引起英法两国的冲突。14世纪初，法国建立等级议会君主制，王权得到进一步加强，并积极驱逐英国侵略势力，实现国家统一的要求日益强烈。此时，英法两国间的争斗集中在阿基坦和佛兰德问题上。阿基坦、佛兰德原属法国领土，是欧洲大陆经济富庶地区之一，但当时还被英国占据，法王决心将它收归法国。1328年，法国占领了佛兰德，掌握了对该地区的统治权。英国得知后坚决反对，并支持佛兰德市民反抗法国的统治。与此同时，英法两国因王位继承问题产生的冲突也日益升级。

1328年，因法国卡佩王朝无嗣，支裔华洛瓦家族的腓力六世即位，建立起华洛瓦王朝的统治。英王爱德华三世拒绝承认腓力六世继承王位的合法性，他以其母伊萨伯拉为卡佩王朝嫡系，自己为法王腓力四世外孙的身份，要求有法国王位的继承权。法国贵族拒绝了爱德华的要求，双方矛盾激化，继而引发百年战争。

1340年，爱德华亲率250艘战舰、1.5万兵员从英国东南角多佛港出发，向埃克吕斯进军。驻守斯勒伊斯港要塞的是法国和热那亚的联合舰队，有战舰380艘，兵员2.5万，由法国将领奎里特、贝赫奇特和热那亚海军将领巴尔巴尼罗统率。

1340年6月24日，海战开始。经过一番猛烈冲杀，法军惨败，伤亡将士2.5万余人，其中包括两位统帅，而英军方面仅伤亡4000人。斯勒伊斯海战，英国以少胜多，也是英国弓箭手对法国笨重骑士的胜利。更重要的是，爱德华蜚声全欧，从此，英国控制了英吉利海峡，巩固了佛兰德战略基地，为长期对法作战奠定了坚实的基础。但是，由于两国财政困难，都无力继续再战，后来由教皇克利门六世出面调解，双方缔结了休战条约。

休战条约的缔结，为双方加强战争准备提供了时间。1345年6月，英王爱德华派遣埃克吕斯海战的勇将亨利率军进攻法国南方的阿基坦。腓力六世闻讯，命太子诺曼底公爵约翰率诺曼底等北方军队前往阿基坦抗敌。于是，法国北方各省防务出现真空。7月，爱德华三世和“黑太子”率英军主力从朴次茅斯出发，渡过英吉利海峡在诺曼底登陆，在对该地实行一番劫掠和蹂躏后，分三路经卡昂、普瓦西向巴黎推进，继而北渡塞纳河和索姆河，8月26日在阿布维尔以北与法军展开克雷西会战。英军占据有利地形，以长弓为主要武器；法军墨守陈旧战术，主要靠骑士横冲直撞，结果大败，损失惨重。第二年8月，英军占领战略重镇加来，加来也因此成为纯粹的英国人的港埠。克雷西会战使英格兰变成一个军事强国，英国在欧洲的国际地位空前提高。与此相反，法兰西国势受到严重损害，从此长期陷入困境。

在随后的6年中，一场可怕的黑死病——鼠疫，从东方传到欧洲，仅3年时间，欧洲人口少了1/3。在黑死病的残酷打击下，英法两国都无力再继续战争，于是两国又缔结了为期8年的休战条约。

1355年，双方谈判破裂，爱德华三世再次入侵法国，他的儿子“黑太子”爱德华从布列塔尼攻入诺曼底。第二年，“黑太子”率军从贝尔热拉克向法国中部挺进，法王约翰二世立即率军截击。9月19日在普瓦捷之战中，英军又以少胜多，生擒法王约翰二世及他的众臣。这次英法战争的失败引起法国国内阶级矛盾的激化，不久，法国国内相继爆发了巴黎市民起义和扎克起义。

1360年10月24日，英、法双方签订了《布勒丁尼条约》。爱德华三世被迫放弃对法国王位和诺曼底的要求。和约之后，英法两国表面上暂时实现和平，实际上两国的小冲突不断发生，尤其法国伺机进行报复。1364年，法王约翰二世客死于伦敦，太子查理五世即位，查理为了挽救法国，锐意进行改革：在国内建立法律和秩序，整顿税制；重建海军，加强陆军，招募大量步兵，训练弓箭手和炮手；加强巴黎等城市的要塞及防御设施。在外交方面，也采取了重要步骤，让他的兄弟勃艮第公爵腓力与佛兰德接受法国的影响，与南部各国结盟。通过这些措施，法兰西国力逐渐得到恢复和发展。

词语百宝箱

整顿　招募

于是，查理准备修订《布勒丁尼和约》。与此同时，加斯科涅人掀起反抗英国统治的暴动。法军积极配合，对英军发动进攻并展开游击战，迫使英军后撤，收复了大部分失地。1369 年 1 月，查理五世以英国黑太子滥征捐税，损害人民利益为由，传令他到巴黎高等法院受审。英王爱德华三世认为，查理此举破坏了《布勒丁尼和约》，于是他再次以要求继承法国王位为由，对法宣战。法军连连取胜。第二年 12 月，由法王任命的勇将盖斯克林在图尔西北一举歼灭英军。

英军在南法的处境越来越艰难。1372 年，英王爱德华三世命潘布罗克伯爵率军增援南法英军。但他还没来得及登陆，就被法国同盟者卡斯提王亨利率领的舰队歼灭，其本人也当了俘虏。西北沿海海域重新落入法军手中。

1380 年，有“怪杰”之称的勇将盖斯克林逝世。不久，法王查理五世也作古了，他 12 岁的儿子查理六世即位，但由于患有精神病，不能治理国家。封建主乘机争权夺利，形成以奥尔良公爵和勃艮第公爵为首的两大集团。法国因连年战乱，民不聊生，城乡人民奋起反抗。同时，英国国内矛盾也日益尖锐，1381 年爆发了声势颇为浩大的沃特·泰勒起义，严重削弱了英国的军事势力。无论英国还是法国，都无力继续进行战争了。1369 年，英王理查二世与法王查理六世在巴黎缔结了为期 20 年的停战协定，英国保留加来和波尔多与巴约讷之间的部分领地。

15 世纪初，英国在亨利五世的统治下逐渐恢复元气。亨利决心要恢复先王爱德华三世时期在法国的领土和霸权。

1415 年 8 月，亨利五世带领 4.6 万部队自朴次

词语百宝箱

作古　争权夺利
民不聊生　浩大

茅斯出发，在塞纳河口附近登陆，占领了哈弗拉城。接着，亨利五世率军向加来方向进发，渡过索姆河，在阿金库尔与法军相遇，开始了著名的阿金库尔之战。英军在阿金库尔战役中击败法军，并在与其结成同盟的勃艮第公爵的援助下占领了法国北部，从而迫使法国于 1420 年 5 月 21 日在特鲁瓦签订丧权辱国的和约。按照和约条款的规定：法国沦为英法联合王国的一部分；法王把公主卡萨琳嫁与英王亨利；亨利五世宣布自己为法国摄政王，并有权在法王查理六世死后继承法国王位。

不久之后，亨利与卡萨琳结婚，并胜利回国。查理六世和亨利五世于 1422 年先后猝然死去。由于争夺王位的斗争加剧，法国遭到侵略者的洗劫和瓜分，处境十分困难。苛捐杂税和赔款也沉重地压在英占区的居民身上。因此，对法国来说，争夺王位的战争已转变为一场民族解放战争。

词语百宝箱

猝然

一败涂地

沦落

15 世纪初，英法百年战争末期，英法两国间民族矛盾日益加深。1415 年 8 月，英军在诺曼底登陆后，迅速攻占了法国首都巴黎以北大片法国属地。法国军队不战而逃，一败涂地，致使法兰西的半壁河山，沦落在英军的铁蹄之下。然而，法国广大人民是不甘心做亡国奴的。在英军占领区，人民群众自动组织起来，利用自己的武装，采取各种斗争方式，不断地打击英国侵略军。1428 年 10 月，英军继续向南挺进，并开始围攻法军占领区的最后一座要塞城市——奥尔良。

以查理七世为首的法国宫廷上下的王公贵族，没有一个敢率兵前去解救奥尔良城，整个宫廷陷入惶恐之中，国家与民族的命运危在旦夕。就在这千钧一发之际，1429 年春，一位年仅 19 岁的少女贞德，求见王太子查理，请求领兵解奥尔良之围。

查理任命贞德为军事行动指挥，驰救奥尔良城。5月初，贞德击败英军，解奥尔良之围。

奥尔良战役后，贞德继续率军东进，直取兰斯城。7月，查理在兰斯大教堂举行加冕礼，称查理七世。贞德声誉日高，遭到查理七世周围贵族的妒忌。

1430年春，兰斯西北的军事重镇贡比涅告急，贞德前往救援。5月23日傍晚，贞德带领少数队伍偷袭敌军失利，撤退时城门已关闭，贞德被勃艮第军俘虏。勃艮第人以高价把贞德卖给英国人，查理七世坐视不管，英国人把她押到鲁昂，交给异端裁判所审判。贞德在被关押期间，经受轮番审讯，坚贞不屈，最后英勇就义。

贞德的英雄行为，激励了法国人民的爱国热情。各地人民纷纷自动武装起来，投入抗英斗争。1436年，法军收复巴黎，接着又不断收复其他失地。

1453年，除了加来一个城市外，英军被全部逐出法兰西，英法百年战争终于以法国胜利而告终。

战事余波

持续了116年的百年战争，给法国人民带来了深重的灾难，同时也促进了法国民族意识的觉醒。百年战争对英国也造成了巨大的影响，英国被迫放弃了对法国的侵略政策，开始致力于国内发展。

海廷会战

名|家|心|语

萨拉丁睿智、勇敢、慷慨无比。正因为如此，我们这些有远见的贵族都畏惧他。

——（耶路撒冷）提尔的威廉

萨拉丁·优素福·伊本·阿尤布，原是出身于库尔德族的一位叙利亚军官，曾随叔父多次远征埃及，1169年成为驻埃及的军事长官和行政大臣。1171年，在近卫军的支持下发动政变，推翻了阿拉伯法蒂玛王朝的哈里发阿迪德，自立为苏丹，在埃及建立了阿尤布王朝。他笃信伊斯兰教，为了宗教事业，对十字军进行了长期的圣战。

十字军东征，是指西欧封建主、大商人和罗马天主教会对地中海东岸诸国，主要是对伊斯兰教国家发动的军事远征。他们在反对异教、维护基督教的宗教旗帜掩护下，进行着劫掠财富和侵夺领土的勾当。由于参加出征的人都在衣服上缝有红十字做标记，故称十字军。从1096年到1270年，十字军先后东征8次。

十字军的第一次东征，开始于1096年，经过3年征战，于1099年7月攻占耶路撒冷。接着，他们按欧洲封建国家的模式，在地中海沿岸所占地区，建立起几个封建国家，其中主要是耶路撒冷王国，还有附属于它的安条克公国、的黎波里伯国和埃德萨伯国。这些国家一经建立，十字军就肆无忌惮，更加横征暴敛，使得当地人民深受压迫和剥削，被迫起来反抗。

萨拉丁登上埃及苏丹宝座时，十字军国家的政局早已开始动荡。1147—1149 年的第二次十字军东征，没有达到目的而以失败告终。尽管罗马教皇又批准组建了各种骑士团，不断将他们派到东方四国，以加强军事控制，但历经几十年动乱后，伊斯兰国家也已开始联合，逐步夺回被十字军侵占的领土。因此，基督教徒和伊斯兰教徒之间的矛盾和斗争，也随之日益发展。1187 年的海廷会战，正是在这样的历史背景下发生的。

1186 年年末，耶路撒冷王国的一个军事首领理纳德，又一次劫掠了从开罗到大马士革的埃及商队。萨拉丁向耶路撒冷国王提出强烈抗议，要求立即释放埃及商人和归还所劫货物。但理纳德置之不理，并狂妄地宣称："在我的堡垒里，我理纳德是主人，可以为所欲为。萨拉丁要东西嘛，到穆罕默德那里去取吧！"萨拉丁听了这些狂言，怒不可遏，发誓要把理纳德这个无赖亲手杀掉，并宣布要同基督教徒们再进行一次圣战。

1187 年 6 月，萨拉丁宣告发兵。他亲率轻骑兵数万人，于 6 月下旬从埃及出发，很快便包围了隶属于耶路撒冷王国的提比莱斯城。萨拉丁把目标选在此地，用意在于围城打援，他想把十字军的主力部队诱出耶路撒冷，以便在其进军途中予以歼灭。当时，提比莱斯的驻军首领是的黎波里伯爵夫人艾希发，而她的丈夫、伯爵本人雷蒙德，正好留在耶路撒冷城中。艾希发自知不是萨拉丁的对手，火速派人向国王求救。国王乔弗利立即召开大臣会议，商讨对策。会上出现了两种意见：

词语百宝箱

肆无忌惮　横征暴敛
置之不理　狂妄
怒不可遏

以雷蒙德为首的一部分大臣认为，应当按兵不动，以免中了萨拉丁的圈套；以理纳德为首的另一部分大臣，则极力主张发兵救援，并痛斥雷蒙德为奸贼，连自己的家室也不顾。国王倾向理纳德等人的意见，立即调兵遣将，下令各军向希弗里亚集中。久未作战的十字军，仍然骑士精神十足，听到出发打仗的消息，以为又有发财机会，无不欢欣鼓舞，个个喊着“快救伯爵夫人”的口号，迅速奔向集结地点。

王国的军队很快集中起来了，总计约有骑士1200名，本地轻骑兵2000名，步兵约1万名。就在即将出发的前夜，雷蒙德再一次向国王建议，不要涉险行军，不要匆忙赴救，而应坐待战事发展，以求应付良策。他深恐大军行进于茫茫沙海之中会有意想不到的危险。国王听了雷蒙德的分析，决定暂停进军。可是，第二天中午，理纳德的同伙吉纳德又乘机再进谗言，国王随即又改变主意，决定按原计划行动，并令雷蒙德率领前卫部队先行开路。

7月3日拂晓，十字军从希弗里亚出发，向东南开进。他们很快进入了杰贝尔屠南山区，开始感到供给不利。这个地方离提比莱斯城还有很长的路程，前面又多是杂乱的石砾和干旱的沙漠，基本上没有草木，没有鸟兽，更没有可供大批人畜饮用的水源，几乎就是死亡之地。就在这种地形上行军，一贯骄纵的十字军，仍然大摇大摆，慢吞吞地推进，俨然是凯旋之师，还不时地为饮水不足而发脾气，埋怨先行部队没有为他们准备好宿营的条件，这些人根本不知道自己正在向死亡逼近。

词语百宝箱

圈套　欢欣鼓舞　谗言
大摇大摆　慢吞吞

萨拉丁得到十字军出征的消息，高兴得大声欢呼。他立即派出一支轻骑兵，利用熟悉地形的条件，间或前去骚扰十字军，使其惊魂不定。同时，命令主力部队绕开敌人的前卫，突然靠近和攻击敌方国王统率的主力。他安排部队携带充分的给养，特别是足够的饮水，采取先围后打战法，力争在沙漠之中困死敌人。

十字军开路先锋雷蒙德，已感到无法正常行进，因为部队不时遭到伊斯兰教徒的袭击，而干渴的折磨更使人心神不宁。他回马飞奔到国王面前，催促国王指挥主力部队快速前进，并警告说："如果不尽快抵达前面河谷，就会得不到饮水，将有全军覆灭的危险。"但是，他的警告没有作用，因为开始意识到前途艰险的国王，这时已经做不到这一点了。

由于埃及军队的骚扰，十字军的行军速度更加迟缓了，而且后卫部队被埃军弓箭手挡住了进路，已经跟不上来了。为了等待后援靠拢，国王被迫停留下来，在一个村落的废墟上暂过一夜。第二天，十字军走走停停，艰难地向前移动，最后到达了海廷村。海廷村是坐落在海廷山脚下的一个小小农村。爬上了山坡斜面的主力部队，大多数人一整天滴水未进，个个口干舌燥，精疲力竭，无法继续前进。眼看天色渐黑，国王只好下令在此露营。然而，疲劳加干渴，苦苦地折磨着人们，士兵们哪里能够入睡，更何况敌军还不时地前来袭扰。

而萨拉丁这时已经做好圈套，准备下手了。第二天上午，他的 70 匹骆驼运来大量箭矢，补充了骑马弓箭手的作战物资。但他仍然围而不攻，挡而不冲，避免迎战，只是充分发挥弓箭手的远距离杀伤作用，力求消耗敌人的战斗力量。十字军的勇将雷蒙德为了摆脱困境，率领着前卫继续前进，可国王却无法开动了。为了减少伤亡，对付

词语百宝箱

骚扰　惊魂不定
心神不宁　口干舌燥
精疲力竭

埃及人的袭击，国王把步兵调到中央，命令骑士向萨拉丁的弓箭手冲杀。但效果却适得其反，因为队伍一动，立即发生混乱，步兵在一片恐怖声中纷纷奔向海廷山。国王立即把随身携带的护身符——“真十字架”高高竖起，希望给慌乱的士兵一个精神支柱。这一手果然起了暂时的作用，对基督教十分虔诚的步兵、骑士和弓箭手们，立即围在“真十字架”周围，局面趋于好转。可是好景不长，后援部队这时犹如惊弓之鸟，慌慌张张地拥挤上来，秩序比刚才更加混乱了。没过多久，雷蒙德的前卫部队也被埃及人赶了回来。这样，乔弗利国王统率的十字军近 2 万人，便完全集中到了海廷山冈及斜坡边上，被伊斯兰教徒们紧紧包围着。

一场空前的大血战开幕了。伊斯兰教徒身强力壮，经过充分休息，更加上精神振奋，他们先用箭射，而后举起弯刀，奔上山来砍杀。十字军骑士虽然进行了英勇的抵抗，无奈饥渴过度，体力不支，哪里是埃及士兵的对手！更何况许多人早已魂飞魄散，斗志全消，只是呆呆地举着手中武器，向“真十字架”祈祷，渴望出现奇迹，把他们从困境中拯救出来。奇迹却始终没有出现。国王在走投无路的时候，又命雷蒙德率领一支骑士部队去拼杀，希望杀开一条血路使十字军突出重围。

词语百宝箱

适得其反　惊弓之鸟
魂飞魄散　如狼似虎

雷蒙德果然是一名骁将，他的骑士也个个如狼似虎，凶猛异常，跟着他拼命地向外冲杀。也许出于怜惜，也许知道其余部队根本无力突围，萨拉丁的侄子阿马尔，下令士兵放开一条生路，放走雷蒙德一行人。然而，伊斯兰教徒遍地都是，这些冲杀出去的十字军，没过多久又被包围起来了。最终，雷蒙德率领着少数骑士突围而去。

被困在海廷山上的十字军，一个个苟延残喘，绝望地坐以待毙。萨拉丁命令士兵围而不攻，同时在四周点起火来。百般折磨的处境，终于迫使十字军选择了投降之路。最后，“真十字架”倒下来了！国王的帐幕也倒下来了！国王乔弗利、他的弟弟阿奈特亲王、神庙骑士团和医院骑士团的首领，以及包括所有将领在内的残存十字军，统统成了萨拉丁的俘虏。

词语百宝箱

苟延残喘　坐以待毙

战事余波

海廷会战后，萨拉丁进占耶路撒冷，灭亡了十字军东侵后建立的耶路撒冷王国，彻底挫败了十字军想长期奴役中东人民的企图，为阿拉伯反抗外来侵略做出了重大贡献。

君士坦丁堡之战

名|家|心|语

有时候，历史俨然是一个玩数字游戏的高手：整整1000年前，罗马被汪达尔人洗劫一空；1000年后，这一幕又一次重演，东罗马帝国的君士坦丁城再次遭受灭顶之灾。

——（奥） 茨威格

公元1453年4月6日至5月29日，在欧亚两个大陆交界的博斯普鲁斯海峡地区，奥斯曼帝国和东罗马帝国之间，进行了一次典型的要塞攻防战，这就是土耳其军队对东罗马帝国首都君士坦丁堡的围攻战。

君士坦丁堡，即今天土耳其的伊斯坦布尔。它本来是古希腊的一个移民城市，叫拜占庭，始建于公元前658年。公元330年，罗马皇帝君士坦丁一世为避免北方蛮族的侵扰，把首都从罗马迁到拜占庭，并将它改名为君士坦丁堡。罗马帝国于公元395年正式分裂为西罗马和东罗马两个国家。东罗马帝国继续以君士坦丁堡为首都。因为它原名拜占庭，所以人们又把东罗马帝国称为拜占庭帝国。

东罗马帝国在人类发展史上存在了1000余年，经历了由盛到衰、由侵略别国到自身防卫的漫长岁月。它创造过璀璨的拜占庭文化，对东西方经济和文化交流发挥过“金桥”作用。帝国首都君士坦丁堡，从古代到中世纪，一直是举世瞩目的政治、经济、文化和军事名城。它扼黑海出入门户，是欧亚水陆交通要塞，是国际贸易的集散都会，还是古代著名的“丝绸之路”的终点。因此，工商业非常发达，城池设防也极为坚固，以至成为国家繁荣和实力的象征。这样一座名城自然也会成为侵略者觊觎的对象，因而多次遭受外族人的入侵。

从 14 世纪开始，由于土耳其境内奥斯曼帝国的日益兴盛和发展，东罗马这个延续了上千年的古老帝国，不断受到挤压和侵犯，到 15 世纪初，它已衰败不堪了。多次被侵的结果，其领土只剩下首都君士坦丁堡及其附近若干城市，以及被土耳其军队切断了联系的巴尔干半岛南端一隅，即伯罗奔尼撒地区。当时的君士坦丁堡，实际上成了一座孤城。谁能攻占这座孤城，就等于消灭了东罗马帝国。不过，这座孤城却是一块相当难啃的硬骨头。它的坚固城池和组织严密的防御，曾经挫败过不少强悍的入侵者。这也正是古老帝国得以长期生存下来的重要因素。

灭亡近在咫尺的东罗马，是奥斯曼帝国历代统治者的夙愿。他们为此做过多次尝试，但都没有成功。一直到 15 世纪 50 年代，在 21 岁的苏丹穆罕默德二世继位以后，这项用武力吞并邻邦的国策，才又一次付诸行动。

穆罕默德二世经过两年多的充分准备，于 1453 年发动了对邻邦的大举进攻。

君士坦丁堡位于博斯普鲁斯海峡西岸南口，从军事上说，其地理形势极为良好，战略地位十分重要。

词语百宝箱

璀璨　举世瞩目
觊觎　侵犯
近在咫尺　夙愿
吞并

它屹立在突入海中的岬角之上，经过历代长期修建和不断改造，成了非常独特的要塞式城堡。整个城堡呈三角形，北面是金角湾，南面为马尔马拉海。沿海地区全都筑有护卫的城墙，海墙为单层建筑，长约15公里，金角湾的入口处，还有铁链封锁，这使城堡的南北两面都易守难攻。城堡的西面为陆地，是三角形海岬的底部，自古以来修有城墙和深沟加以护卫。陆上城墙长六七公里，共分三层：一是内层墙，高约12米，设有112个碉堡；二是外层墙，高七八米，配备一些碉楼；三是矮胸墙，实为护城河的内壁。护城河宽约20米，水深约5米，内外两层城墙之间，隔着约18米宽的空地。整个城堡就是一个大要塞，有着严密的防御体系，可谓固若金汤。然而，土耳其军队只用54天就把这座大城堡攻克了。这样的战例在中世纪是不多见的。

词语百宝箱

屹立　固若金汤
匮乏　奋发图强

当时，东罗马帝国的皇帝为君士坦丁十一世帕莱奥洛古斯。他深知土耳其人的入侵必不可免，在1448年继位后，即开始备战工作，而在侦察后得知土耳其新苏丹将举兵进犯时，更是抢时间、争速度地修补工事，加固城防，并尽力增加作战物资储备。但是，国政民风的腐败堕落和人力物力的匮乏，使他心愿难酬。帝国虽然还有近100万的城镇居民，不下25万适龄服兵役的男子，但应召服现役的士兵竟不足5000人，加上外籍军人，也只能组成一支约9000人的守城部队。能够用来进行海上防卫的舰队，只有20多艘大帆船，没有真正的战舰。不过，这位皇帝奋发图强，还是竭尽全力做了许多应战工作。敌人进攻时，他没有听从臣属们弃城外逃的劝告，而是认真选将点兵，组织了顽强的城市防御战斗。

1453 年 4 月初，土耳其苏丹穆罕默德二世率领着拥有步兵 7 万、骑兵 2 万、战舰 320 艘的大军，浩浩荡荡地开抵君士坦丁堡城下，从陆海两面完成了对古城的包围。4 月 6 日，土耳其军队从城西陆地发起猛攻。他们使用火炮、撞城锤和投石器等破击城墙，并随之填平壕沟，架设云梯，实行强攻。

君士坦丁堡的军民，在皇帝亲临战地的鼓舞下，依靠城防总司令吉斯提尼果断灵活的指挥，顺利地打退了敌军的第一次大攻击。4 月 15—18 日，土耳其舰队把所有的火炮推到君士坦丁堡的护城河边，持续进行 4 天轰击，但没有奏效。城墙上被打破的缺口，很快就被守城军民修补好了。此后，土耳其方面不断地展开猛烈炮击，并在 5 月 7 日和 12 日分别以 3 万人和 5 万人的兵力，猛烈攻击圣罗马拉斯门附近的城墙，但又被吉斯提尼率兵击退，土耳其军队死伤无数。

穆罕默德二世眼看硬攻不成，便试用新的手段，同时采取坑道爆破战法。他选择了两个比较有利的地段，派出大量军队在城墙下面挖掘坑道，企图炸开城墙。可是，这个方法同样失败了。吉斯提尼识破了敌人的企图，采取了有效的对付手段，使土耳其作战士兵不是被炸死、杀死，就是被闷死或淹死。这时，土耳其军的后备部队源源开进，但后勤补给却成了严重问题。

苏丹估量了新的形势，决定改变进攻策略。他收买了贪得无厌的热那亚商人，在他们控制的加拉太地区，借用一条通道潜入君士坦丁堡北面的金角湾内，以便进行水陆夹攻。为此，苏丹紧急调集一支达 5 万人的部队，在博斯普鲁斯海峡和金角湾之间，铺设起一条长约 1.5 公里的圆木滑行道，并在木轨上涂上黄油。然后，用一个夜晚的时间，将 70 多艘轻便帆船拖上海峡岸边，由人力、畜力和滑车拉过山头，再从斜坡上滑进金角湾的浅水之中。同时，又在金角湾的最狭窄处架起一座浮桥，把火炮配置在桥头上。一切完成之后，苏丹于5月26日召开作战会议，决定5月29日从陆海两个方面同时发起总攻击。

这是一次陆海军的联合作战行动。按计划，要不分昼夜地连续进攻，适时投入后备力量，不准以任何理由中断或暂停战斗，目的在于不断消耗和牵制罗马守军，使其不能相互支援，待他们精疲力竭之后，发动最后的强大突击，一举拿下敌城。为此，土耳其军队立即加紧准备，筹集充足的作战物资。据史书记载，云梯就有2000架，铁钩难以计数，填充壕沟的束薪等堆积如山。

29日凌晨1点半，号声、鼓声和呐喊声突然爆发，土耳其军队对君士坦丁堡的总进攻再一次打响了。在金角湾里，海军发挥火炮威力，轰击港内敌船，破坏城墙防御工事；在城西陆地，陆军发起猛烈攻击，不停地填壕攻城。双方展开了殊死拼搏。但是，兵力的众寡早已预示了战斗的结局。土耳其的数万军队愈战愈勇，尽管伤亡惨重，但在穆罕默德二世的亲自督战下，各部都不示弱，终于在多处打开了缺口，突进了城堡。随后，土耳其士兵便源源不断地冲入城中。君士坦丁堡的守城部队，这时由于连续作战已减员到不足4000人。城破之后，守城部队虽明知寡不敌众，却仍浴血苦战。他们在城防总司令吉斯提尼和皇帝相继阵亡的情况下，仍继续奋战，直到弹尽剑折时，也宁肯前仆而死，决不后退投降。

词语百宝箱

不分昼夜　难以计数
堆积如山

蜂拥而入的土耳其军队，在君士坦丁堡城中展开了大屠杀，一连洗劫三天三夜。教堂被夷为平地，房屋被抢掠一空，居民约有 4 万余人被杀，约有 6 万多人被卖为奴。在历史上延续了上千年的东罗马帝国，从此不复存在。

战事余波

东罗马帝国虽然在这场战争中灭亡了，但君士坦丁堡的守军和人民表现的艰苦卓绝的斗争精神、不屈不挠的坚强意志，却永远载入了史册。拜占庭的古老文化，也并不因国家的灭亡而消失，对世界历史和各国人民的生活仍然产生着强烈的影响。

德国农民战争

名｜家｜心｜语

基督同我们一样也是人，他只是先知和师表而已。

——（德）闵采尔

当天主教教士在欧洲横征暴敛的时候，人民也纷纷拿起武器进行反抗，于是爆发了德国农民战争。德国农民战争是中世纪西欧世界规模最大的一次反封建斗争，也是宗教改革运动发展的必然结果。

中世纪的欧洲是天主教会的天下，无数大大小小的天主教士成为统治力量，尤其是在德国，教会的势力更是如日中天，他们与当地的封建主相互勾结，对广大人民横征暴敛，残酷地剥削和掠夺人民的财富。而世俗封建主则把持着土地不放，不断加重农民的赋税。在他们的腐朽统治下，德国农民和广大平民陷入了水深火热之中，心中充满了对教会和世俗封建主的无限仇恨。天主教会的神圣与尊严已经不能蒙骗他们的眼睛了，他们要反抗。1517年，马丁·路德的宗教改革运动彻底启发了广大劳动人民，他们在伟大的领袖马斯·闵采尔的领导下，发动了一场声势浩大的农民战争。

1524年，土瓦本的3000多农民为了逃避劳役，

词语百宝箱

如日中天　蒙骗

在马斯·闵采尔的领导下，首先揭竿起义，揭开了德国农民战争的序幕。闵采尔是一个神父，他利用自己的身份，深入德国南部平民中，号召人民起来消灭一切压迫者和剥削者。他边走边宣传，吸收志同道合的人加入基督教联盟。许多地方的起义领袖都纷纷加入他的行列，起义军很快席卷瓦尔本各地，队伍发展到了四五万人，并提出了明确的斗争纲领。但是，由于他们没有统一的领导，纪律松散，又轻信了诸侯谈判的谎言，起义最终还是被诸侯军击败了。

真正点燃起义烈火的是1525年法兰克尼亚人民的起义。这一年3月，法兰克尼亚人民以诺德林根等6个地区为中心，发动了规模浩大的起义。起义军在罗尔巴赫的带领下，迅速占领了几百个城堡和寺院，惩罚了一大批地主恶霸。罗尔巴赫旗下有一支著名的黑军，由骑士盖尔领导，一度使诸侯军闻风丧胆。5月，希普勒成为起义军的领袖，为了动员和团结各个不同阶层的人参加革命斗争，他提出了反映各阶级不同革命要求的著名的“海尔布琅纲领”。这个纲领提出了统一德国的主张，调动了各个阶级的积极性，但由于诸侯军的偷袭，起义军的许多首领很快叛变。到7月底，各路起义军先后遭到了镇压。

斗争最坚决的是萨克森和图林根的农民起义。这些地区的起义是由闵采尔直接领导的，是德国农民战争的高潮，形成了德国农民战争的第三个中心。1525年4月，萨克森公爵组织了一支强大的武装部队，开进了缪尔豪森城，镇压这一地区的起义。闵采尔迅速组织了一支8000人的队伍迎击，但由于农民军缺乏装备和训练，最终遭到了失败。闵采尔坚贞不屈，英勇就义。起义军其他的领袖也惨遭杀害，德国农

词语百宝箱

志同道合　席卷
闻风丧胆

民战争转入了低谷。一年以后，闵采尔的学生盖斯迈尔在提罗尔号召矿工发动起义，西部的一些地区也接连发动起义。这些起义军一直坚持斗争到 1526 年 6 月，最终还是在诸侯联军的层层包围下失败了。德国农民战争至此宣告结束。

战事余波

德国农民战争配合德国的宗教改革运动，沉重打击了天主教会在德国的统治，使得人们不再被当时虚伪的教义所蒙骗，上帝的神圣已经不在他们的心中。这场战争是德国历史上重要的一页，开辟了资产阶级革命的新纪元。

露梁海战

名｜家｜心｜语

关白之图朝鲜，其意实在中国。

——宋应昌

1592年4月至1593年3月和1597年3月至1598年11月，朝鲜在中国的支援下，进行了一场反抗日本侵略的卫国战争。这次战争中的民族英雄李舜臣，与中国水师并肩作战，取得了露梁海战的决定性胜利，彻底摧毁了入侵的日本舰队，在世界海战史上留下了光辉的一页。

这场战争是日本关白（总揽政务大权官员）、著名武将丰臣秀吉蓄谋发动的，目的是对内镇压异己势力，对外进行扩张和掠夺。丰臣为此进行了长期周密的准备，他的总设想是首先征服朝鲜，进而入侵中国并称霸东亚。

战争初起时，日本发兵15万，趁朝鲜李氏王朝内讧不已、朝纲紊乱、战备松弛、抗战无力之际，长驱直入，不到3个月时间便攻陷了京城(今首尔)、开城、西京(今平壤)等地。朝鲜的3000里江山，大片沦入敌手，国家危在旦夕。国

词语百宝箱

内讧　紊乱
长驱直入

王李昖逃到了鸭绿江边的义州，被迫募兵抗倭，同时请求中国援助。这就是朝鲜史称的“壬辰倭乱”。中国和朝鲜史书，都把日本侵略者称为“倭寇”“倭军”。

战争处在紧急关头，身任朝鲜全罗道左水使的李舜臣，率领着全道水师，驰骋海疆，接连重创侵略军，极大地鼓舞了朝鲜人民的抗战信心，带动了举国上下的抗倭运动，对扭转战局起了重大作用。当时，他率领所属舰队主动出击，曾“四次赴敌，十度接战”，屡战屡胜，连获玉浦大捷、泗川大捷、闲山大捷、釜山大捷等辉煌胜利，给日本侵朝海军以毁灭性打击，最后夺回了一度丧失的朝鲜海峡制海权，以至于日本海军后来望风逃跑而不敢与之应战。

由于李舜臣连战皆捷，中国明朝又派大将李如松率领4.6万大军于1593年1月赴朝增援，进击倭军，朝鲜战局迅速好转。朝中军队很快收复了西京、开城、京城等地，迫使倭军退守釜山沿海，凭险顽抗。

这时，李舜臣因功受封，成为二品正宪大夫，升任全罗、庆尚、忠清三道水军统制使，负责指挥朝鲜水师。李舜臣受任后，在闲山岛设立水师大本营，一面扩充兵员，加紧训练，一面赶造龟船、枪炮，准备在不久的将来收复失地，剿灭倭贼。

然而，风云多变，事有不测。日军惨败以后，丰臣秀吉巧施诡计，为争取喘息时间于1593年3月假意求和，随后便同李氏王朝中的主和派谈判，周旋竟长达4年之久。在此期间，丰臣秀吉秣马厉兵，全面备战，同时还施离间手段，利用李氏王朝对李舜臣的疑忌和嫉妒，促使李舜臣丢官卸职，被贬为普通士兵。阴谋得逞以后，丰臣秀吉便于1597年3月恢复战事，又派14

词语百宝箱

驰骋
秣马厉兵
得逞

万大军入侵朝鲜，形势骤然剧变，朝鲜再次陷入危局。

李舜臣被解职以后，朝鲜水师的统治权落入庸将手中，军备不振，纪律松散，战斗力大大下降，以致倭军再犯之时竟屡战屡败，损失惨重，最后闲山基地也陷落了。日本海军重新控制了朝鲜海域，保障了倭寇水陆两路的顺利进军。

1597 年冬，日本侵略军再次进抵京城附近，李氏王朝已岌岌可危。当此紧急关头，国王迫于危局和朝野人士的压力，不得已起用李舜臣，恢复其三道水军统制使职务。

李舜臣复职时，几年前威武庞大的水军舰队，仅仅剩下战船 12 艘、水兵 120 人。凭着高度的爱国抗倭精神，李舜臣立即全力以赴，重振水师。他在抓紧扩军造舰的同时，毅然率领仅由 12 艘战船组成的小舰队出征击贼，照旧不断取胜，屡创日本舰队。不久，朝鲜水师便恢复了昔日的雄风，舰队又频频出战，并于 1598 年 2 月在今古岛上建立了坚固的海军基地，随后又夺回了朝鲜海域的制海权。

在海战得胜的时刻，朝鲜陆军也与重新入朝增援的中国军队密切配合，不断取得了反击作战的胜利。日本侵略军节节败退，重又龟缩到朝鲜南端沿海的几个孤立据点，企图继续顽抗。这些据点，倭寇苦心经营了多年，凭险设障，攻克颇不容易。但朝中大军乘胜追击，决心要把倭军彻底消灭。因此，当陆军围攻据点时，朝中两国水师积极配合。由李舜臣和陈磷、邓子龙统领的朝中联合舰队，有力地封锁了侵略军的海上交通线，使固守孤城的倭寇补给困难，成为瓮中之鳖。

词语百宝箱

岌岌可危　威武　全力以赴　龟缩　瓮中之鳖

1598 年 11 月初，困守顺天城据点的日军被朝中大军围攻而难以坚持，守将小西行长急向泗川港倭军求救，企图由海路逃走。11 月 17 日，日本将领岛津义弘，率领停泊在泗川港内的各类舰船 500 余艘，满载近万名官兵和武器装备，急速驶向顺天港，接应小西行长，撤走顺天守军。朝中水师获悉了日本舰队的海上行动情报，预先布设了歼敌圈套。

11 月 17 日夜间，李舜臣和陈磷、邓子龙率领的朝中联合舰队，悄悄地驶进朝鲜庆尚南道西南的露梁海面，利用礁岛掩蔽，隐伏待敌。18 日，夜幕刚刚降临，露梁海面突然开始喧闹起来。当日本舰队匆匆驶入朝中舰队的设伏海域时，快速逼近的朝中战舰突然开炮，以猛烈、密集的炮火轰击敌人，打响了在世界海战史上占有重要地位的露梁海战。

战局一开始就对倭军不利。炮声隆隆响起，炮弹雨点般洒落在倭军舰船上。十几艘日舰立即火光熊熊，浓烟腾起，血肉横飞。倭军官兵本已困倦疲惫，此时突遭袭击，仓促应战，顿时陷入被动、惊恐之中。但是，倭军虽然受挫，却未完全溃乱，其庞大的舰队仍有实力，他们在慌乱中立即还击。不过，朝中舰队在数量上和质量上都占有优势，致使日本舰船的损伤不断增加。岛津义弘眼看形势不妙，急忙指挥舰队调整队形，企图且战且退，利用夜幕掩护逃出包围圈。

朝中舰队的统帅，早有全歼敌军舰队的决心。他们辨明敌人有逃跑企图后，立即向日本舰队直接冲击，力图将其冲散，以便各个击沉。这时，李舜臣奋勇当先，亲率旗舰杀入敌人舰队之中。倭军看着李舜臣的大旗，纷纷躲避，不敢与之接战。李舜臣的旗舰如入无人之境，几度往来，反复冲杀。这时，中国水师副将邓子龙，也指挥千余名水兵分乘数艘巨舰，直接插进敌阵。邓老将军年逾 70 岁，犹如出海蛟龙，周旋于敌舰左右。

他先是指挥水兵大量施放火箭“喷筒”，使大批敌舰起火燃烧，十数艘舰被焚沉没，然后又命军卒搭靠敌舰，亲自挥刀上阵，与倭军进行接舷战，砍得敌人鬼哭狼嚎。主帅上阵，将士奋勇，在朝中官兵的冲撞、砍杀下，日本舰队的编队终于被彻底打散，一片混乱。夜半过后，海面上大风骤起。双方的大炮不断喷吐火焰，火箭如流星般划过夜空，使露梁海上空呈现出无比壮观的奇景。

词语百宝箱

鬼哭狼嚎
壮观　厄运

经过整夜激战，日本舰从损伤惨重，40余艘被击沉，100余艘受重创，其他舰船都有程度不同的人员伤亡。岛津义弘深感厄运将到，勉强收拢残余战舰，下令拼死突围。19日拂晓，日本舰队利用浓雾升起之机，开始冲出重围。胜利在握的朝中舰队，立即跟踪追上，再次将敌舰围住，发起猛攻。倭军困兽犹斗，双方拼杀得非常激烈。

邓子龙再次当先，率舰冲入敌阵。当他正指挥水兵进攻时，不幸所乘军舰被友军火箭误伤，舰上起火，火借风势蔓延，全船被烈焰笼罩。倭军见状，冒死反击，乘机蜂拥而至，将邓子龙的战舰团团围住。李舜臣发现邓老将军处于危急之中，立即不顾一切地赶来增援。李舜臣也是单舰插入敌阵，当与倭军接战之时，突然一颗流弹飞来，将他击倒在甲板上。部属赶来抢救，李舜臣将帅旗交给侄子李莞，叮嘱说：“战斗紧急，不要说我死……”随即闭上了眼睛。几乎同时，邓子龙也在战斗中壮烈捐躯。

李舜臣和邓子龙的牺牲，使水师官兵的复仇怒火更加炽烈。他们个个奋起，誓死必歼倭寇。于是，朝中舰队死盯着奔逃的敌舰，再次发起猛烈攻击。就在这时，中国水师副将陈磷等，率领增援舰队赶到战场。日本舰队虽然还在拼死顽抗，但已每况愈下，终遭四面合围，所有战舰都被一一击沉。

中午时分，露梁海上的枪炮声音渐渐停息，海战以朝中联合舰队的辉煌胜利宣告结束。李舜臣和邓子龙的英勇献身给中朝友好的历史留下了共同抗敌的光辉篇章！

战事余波

这次海战胜利对结束日本侵朝战争有着决定性意义。岛津义弘统率的日本舰队终于全军覆灭，日本赖以发动和支援侵朝战争的海军力量从此不复存在。此战以后，困守据点的倭军完全陷入孤立境地，只好狼狈地滚回日本列岛。

第二章

近代篇

近代是人类从古代文明向现代文明过渡的时期。在这一时期，爆发过许多著名的民族独立战争、侵略与反侵略战争、争霸战争等。这些战争无不震撼着人类的心灵。

列克星敦战役

名|家|心|语

18世纪北美独立战争给欧洲资产阶级革命敲响了警钟。

——（德）马克思

北美大陆本来是土著居民印第安人世代生息繁衍之地。17世纪初，欧洲人开始向北美移民。1607年，第一批英国移民在今弗吉尼亚建立了第一个立足点——詹姆士城，从此掀起了奔向北美大陆的移民潮。从1607年第一批移民踏上弗吉尼亚至1733年最后一个殖民地佐治亚的建立，英国移民先后在北美东海岸建立了13个殖民地，这就是后来美国最初的13个州。

欧洲移民来到北美洲，同时也把欧洲的资本主义生产方式移植到北美洲来了。资本主义生产关系首先在种植场迅速萌发。殖民地农业、工商业，尤其是航海业、造船业、海外贸易蓬勃发展。与此同时，北美13个殖民地的居民日益融合。在独立战争爆发前，在北美这个新的地域上已形成了一个不同于英国的新的

词语百宝箱

萌发　蓬勃

民族，即美利坚民族，在不列颠帝国的疆界内出现了与英国资本主义并存的北美资本主义。英属北美殖民地资本主义的发展合乎逻辑地提出了这样的要求：挣脱对宗主国的依附关系，独立地发展资本主义。

然而北美殖民地独立发展资本主义的强烈愿望遭到了英国当局高压政策的阻挠。英国殖民当局为了使北美殖民地永远充当其廉价的原料基地和商品倾销市场，极力遏制殖民地经济的自由发展。英国殖民当局接连颁布一系列法令，禁止向阿巴抗契山以西迁移，禁止殖民地发行纸币，宣布解散殖民地议会，并对殖民地课以重税，加紧军事控制等。

英政府的所作所为，激起了殖民地各阶层人民的强烈反抗。群众纷纷走上街头，举行声势浩大的游行示威。1770 年 3 月 5 日发生了驻北美英军枪杀波士顿居民的“波士顿惨案”，群情为之激愤。1774 年英政府变本加厉，又接连颁布 5 项“不可容忍的法令”，使宗主国与殖民地矛盾进一步激化。北美殖民地人民忍无可忍，决心拿起武器与殖民当局抗争。

1775 年 4 月，马萨诸塞的总督兼驻军总司令盖奇得到了一个消息：在波士顿附近的康科德镇上，有一个“通讯委员会”的秘密军需仓库。盖奇立即传下命令，派军队前往搜查，没收这些军火。两天以后，一支由 800 名士兵组成的英军，由指挥官史密斯率领，连夜出发了。

英军在黎明前的薄雾中向前行进。忽然，他们发现在村外的草地上有几十个村民，正手握长枪，严阵以待。显然，这是要阻击英军。史密斯知道这些武装村民是列克星敦的民兵。他十分惊讶，这些民兵怎么这样快就知道了英军要来讨伐呢？他哪里知道，“通讯委员会”的侦察人

词语百宝箱

逻辑　依附
阻挠　遏制
激愤
变本加厉
严阵以待

员得到情报后，早已飞马急驰把消息报告给了列克星敦的民兵。列克星敦是通往康科德的必经之路，这两个地方的民兵已经联合起来了。第二天凌晨，他们来到了列克星敦。

词语百宝箱

关门闭户　糟蹋
一无所获　无可奈何
四面八方　措手不及

随着一声枪响，双方立即投入战斗，枪声震响在列克星敦的上空。几分钟以后，枪声逐渐稀疏。民兵们因为人少，加上地形不利，很快撤离了战场，分散隐蔽起来。有 8 位战士献出了生命。

初战告捷，史密斯非常得意。他指挥英军进入村庄，大肆搜捕，却始终没有找到一个革命者。这伙殖民军又集合起来，直奔康科德。

康科德镇外有一条河，地势比较险要。英军到了镇口，只见家家关门闭户，镇上十分清静。史密斯猜测军火可能已经分散转移了，就下令搜查。士兵们跑遍了全镇，结果除了糟蹋了仓库里的一些面粉，砸坏了 3 个铁炮的炮闩，放火烧了一堆木汤匙以外，一无所获。史密斯无可奈何地耸了耸肩膀。

就在他下令返回波士顿的时候，镇外传来一阵喊杀声，喊声中还夹杂着清脆的枪声。原来，附近各村镇的民兵已经聚集在一起，向这里奔来。民兵们的行动这样迅速，后来人们把他们叫作“一分钟人”（意思是一分钟就能集合起来）。上午 9 点多钟，三四百名“一分钟人”包围了正在撤退的英军。他们埋伏在四面八方，从篱笆后面、灌木丛中、房屋顶上，射出了一排排枪弹，打得英军措手不及，不断有人中弹倒地。当英军举枪还击的时候，却找不到民兵们的人影，因为民兵在树林里边走边打，能主动出击，而不被敌人发觉。英军狼狈地逃到了列克星敦，在这里，每一间房屋，每一堵墙，都是复仇者的掩体，英军再次受到这个小村庄民兵的阻击。

战斗一直持续到下午，最后还是从波士顿开来一支援军，才把史密斯的败兵救出了包围圈。这一仗，英军死伤240多人。

战事余波

列克星敦和康科德的战斗震动了大西洋沿岸的13个殖民地。美国独立战争从此开始。

特伦顿战役

名 | 家 | 心 | 语

由于他扮演了美国独立战争和建国中最重要的角色，华盛顿通常被称为美国国父。

——（英）保罗·约翰逊

公元18世纪后半叶，美国独立战争期间，华盛顿将军领导美国人民，和英帝国殖民主义者展开了艰苦卓绝的斗争。

当时，英军的一个旅驻扎在名叫特伦顿的地方，华盛顿决定对那里的英军发动一次奇袭，他决定兵分三路，亲率一支大军在特伦顿以北9英里（1英里≈1.609千米）的地方渡过特拉华河，然后向南朝特伦顿进军；第二路是尤因将军率领的宾夕法尼亚民兵，在特伦顿以南1英里的一个渡口渡河，攻占特伦顿南侧一条溪流上的桥梁，切断敌人南逃的退路；第三路由普特南将军和卡德瓦拉德将军率领，袭击多诺普伯爵指挥的英军。这3支部队预定在夜间渡过特拉华河，准备早晨5点钟同时采取行动。

这是一次以少胜多的偷袭战。12月25日傍晚，华盛顿率领一支约2400人的部队，带着一队小炮，共20门，准备天一黑就渡河，希望在12点以前全部到达彼岸。船只早准备好了，但天气寒冷，风大流急，河里尽是浮冰。由于渡河困难、有危险，到凌晨3点，大炮还没有运上河岸。距特伦顿还有9英里，天明以前是赶不到了，若撤退回去，可能在途中被敌军发现并遭到袭击。面对困境，华盛顿果断地下令继续前进，展开背水一战。

当华盛顿率队伍接近敌人前哨阵地时，天空又下起冰雹和大雪。暴风雪固然让美军的行军异常艰苦，但也迫使英军人人都躲在屋里。地上的积雪也使得军队行进步伐的嚓嚓声和大炮滚动的咕噜声都减弱了。当他们逼近一个村庄时，走在前头的华盛顿来到一个正在路旁砍柴的人跟前，问他英军的哨兵小队在哪里，砍柴人回答说不知道。炮兵部队的一位上尉对砍柴人说："你讲吧！这位就是华盛顿将军。"那人的表情立刻变了，热情地说："愿上帝保佑你成功！哨兵小队在那所房子里，站岗的就在那棵树旁边。"

美军先锋队由威廉上尉率领，詹姆斯·门罗（后来当上了美国总统）中尉任副手。先锋队快要摸近敌人哨所时，正巧英军指挥官拉尔上校前来巡哨。拉尔一边鸣枪一边喊叫道："敌人来了！快出动！快出动！"部下这才仓促抵抗。拉尔以为只是美军一小股骚扰部队呢，岂料美军黑压压一片冲上来了。两军交火的时候，美国大炮已经卸掉前车，准备投入作战了。华盛顿始终走在大炮旁边。他听到特伦顿城的另一端传来隆隆炮声，知道另外两路人马也到了。

英军前哨据点被攻破，随之向后撤退，从屋子后面射击。英军擂起战鼓，号召迎敌，轻骑兵吹起了报警的军号。整座特伦顿城喧声震天。有些英军从营防的窗口胡乱向外射击，还有些英军乱作一团地涌出来，想在大街上列成队形，英骑兵仓促上马，东奔西突，使局面更

词语百宝箱

黑压压　喧声震天
东奔西突

加混乱。

华盛顿将军随着他统率的部队挺进国王大街的尽头，与炮兵部队福雷斯特上尉并肩骑在马上。当上尉的6门大炮开始射击时，华盛顿便下马和炮手一起作战。他处在暴露的位置，部下屡次恳求他退到后面去，都被他拒绝了。英军在大街上架起两门炮，组成一个炮阵。这个炮阵本来可以使美军严重受阻，但是威廉上尉和詹姆斯中尉带了一部分先头部队冲了上去，把敌人炮手赶跑了。两位军官都受了伤。

在华盛顿向特伦顿北部市区挺进的时候，第二路人马已向市区南端逼近。英国的轻骑兵、步兵大约500人负隅顽抗。当他们得知华盛顿的部队从正面逼近，害怕被美军包围，就越过阿森平克溪上的桥梁抱头逃窜，沿着特拉华河河岸向博登镇的多诺普伯爵营地逃跑。要是华盛顿的计划完全实现，这股英军的退路就会被尤因将军截断。遗憾的是尤因将军的部队受到河上冰块的阻碍没能渡过河来。

英军拉尔上校显然是个无能的指挥官。就在华盛顿的部队还没渡过特拉华河时，特伦顿的前哨阵地上，响起了报警的枪声和不断开火的射击声。全体驻军立即奉命荷枪列队待命。拉尔上校赶往前哨阵地，发现那里一片混乱，有6人受伤。原来有一股人从树林里蹿出来，向哨兵开火后又立即撤退了。拉尔带着两个连和一门野炮，穿过树林，巡视了各个前哨据点，但是他什么也没有看到，什么也没听到，发现一切平静无事，就回去了。他竟如此轻敌，错误地判断美军不过是虚晃一枪而已。

眼下，面对美军排山倒海般的强大攻势，拉尔上校在奇袭造成的混乱中，又完全不知所措。

词语百宝箱

负隅顽抗　排山倒海
不知所措

这位上校骑在马上，努力集合惊恐万状、乱作一团的部下，其实他自己也十分迷惘。

拉尔上校费了好大的劲才勒住受了惊扬起前蹄嘘嘘叫着的坐骑，问身边一名上尉进攻的兵力有多少。上尉回答说，他看到树林里有四五个营，其中包括在他撤退以前向他的哨兵开火的3个营；左边和右边还有大股美军，市镇很快就要被四面包围了！

拉尔上校听罢报告举起指挥刀，喊道："前进！冲啊！前进！"后面的英军跟随着他，像无头苍蝇似的，左冲右突，妄图突围。

"咚咚咚、咚咚咚、咚咚咚咚咚……"美军的战鼓在英军的四周响起。英军如丧家之犬，仓皇举枪，胡乱射击。有的战马中弹受惊，把骑在马上的英军抛落在地，那骑兵旋即又被别的战马踩死。步兵就更惨了，只恨爹娘少生了一条腿，紧跟在骑兵后面狂奔。

拉尔上校率部队终于冲出了重围，但队伍已溃不成军。他在市郊的一个果园里集合残部，重整旗鼓，狂叫着说："堂堂大英帝国的军队就这样败下阵来了吗？作为一名皇家军队的上校，我觉得太丢脸啦！"

于是有的部下附和他说："是呀，我们不能把城池丢给叛军（指美军），我们连行李也没来得及带出来呀！"但多数部下劝拉尔上校先撤退再做打算。拉尔哪里听得进去，咆哮道："我的全体掷弹兵，前进！"他夹紧坐骑，挥刀率领六七百名英军向特伦顿城反扑。

此刻，特伦顿城已被美军占据，3路大军胜利会师，合计有4000余人。

华盛顿将军已命令炮兵把6门大炮架设在街口，步兵埋伏在墙壁和灌木丛后面，严阵以待。

词语百宝箱

迷惘　重整旗鼓

咆哮

英军快要冲上来时，站在大炮旁的华盛顿手一挥，喊道：“开炮！”只听到“轰！轰！轰！”震耳欲聋的炮弹在敌群里炸开了花。

拉尔上校不顾枪林弹雨，依然率领部下向前冲锋。待英军快要接近美军的防守阵地时，突然响起了冲锋号声，步兵们纷纷举起滑膛枪向敌人瞄准，冲在前面的英军纷纷中弹倒地。

拉尔上校一马当先向前冲着，突然他觉得胸口像遭到重重一拳，双眼一黑跌下马来。英军失去了首领，顿时慌乱起来。他们不顾副指挥官的命令，从右侧沿阿森平克溪两岸向北撤退，打算逃往普林斯顿。

词语百宝箱

震耳欲聋　枪林弹雨
一马当先

华盛顿看出了他们的意图，迅速派汉德上校率步兵团挡住他们的去路，同时又命另一支步枪团抄了他们的左翼。英军被迫停顿下来，完全不知所措。

华盛顿以为他们是在排列战斗队形，因此命令发射霰弹。福雷斯特上尉喊道：“将军阁下，他们投降了！”华盛顿应和着说：“投降了！”一面说着，一面策马向英军方向奔去。英军无条件投降了，受了重伤的拉尔上校束手就擒。这次战役，美军共击毙英军100余人，俘获英军近1000人，其中有32名军官。华盛顿将军指挥的奇袭特伦顿战役，以大获全胜而结束。

战事余波

这场战役是美国人民为摆脱英国殖民主义统治、为争取独立而进行的一次战役。它大大鼓舞了美国人民的斗志，为最后取得独立奠定了良好的基础。

滑铁卢战役

名|家|心|语

滑铁卢是一场一流的战役，到头来获胜的却是一些二流的将军。

——（法）雨果

1814年，欧洲反法联军攻陷巴黎，拿破仑被迫宣布退位，流放于厄尔巴岛。1815年3月1日，拿破仑率领1000余名士兵偷渡回国，沿途守军纷纷重新聚集在他的鹰徽旗下。3月20日，拿破仑凯旋巴黎，重登皇位（史称百日王朝）。这使整个欧洲震惊，正为分赃不均而吵得不可开交的反法同盟各国，立即停止了钩心斗角，又一次联合起来，共同围剿拿破仑。

拿破仑清楚地知道反法联盟对他重掌政权会采取什么手段。因此，他复位后的第一件事就是扩建军队，增加武器装备。他很快组织了一支25万人的军队。但令拿破仑遗憾的是，昔日的一批富有作战经验的将军和元帅已不愿回到他的麾下，他匆忙招募来的新兵也没有时间很好地训练一下。形势越来越严峻了，反法联盟纠集了70万人马，对法国已形成包围之势，很快就要越过法国边界发起进攻。

词语百宝箱

不可开交
钩心斗角　麾下

拿破仑决定先发制人，赶在联军会合之前，先歼灭比利时境内的英国威灵顿军团和普鲁士的布吕歇尔军团，然后再解决其他联军部队。6 月 14 日，12 万法军悄悄地越过比利时边境，进驻到与普军只隔着一片密林的地方。当晚，拿破仑也赶到前线。他一出现，立即引起了士兵们的欢呼，大家前呼后拥，狂热地喊着：“皇帝万岁！”“法兰西万岁！”

拿破仑急忙制止道：“士兵们，不要激动，敌人就在密林的那边，我们不能让他们知道我们已到了这儿。这样我们就能打他个措手不及。”

可是，狂热的士兵们根本不顾拿破仑的多次警告，仍然欢呼不止。见士兵们对自己如此崇拜和拥护，拿破仑对胜利充满了信心。这一夜，拿破仑就住在了前卫部队中。

“陛下，醒醒，有人叛逃啦！”凌晨，睡梦中的拿破仑忽然被副官唤醒。

他猛的一下坐了起来，睡眼惺忪地问：“什么？你说什么？”

副官大声说：“骑兵师师长叛逃到普鲁士人那儿去了。”

拿破仑一下清醒了，他跳下床，一边穿衣，一边对副官说：“不好，我军的兵力和作战计划他都知道。进攻的时间要提前了。你立即通知将军们，马上到我这儿来。”

将军们很快来到拿破仑面前，他简单明了地布置了战斗任务。他打算把部队分成两部分，内伊带领一路人马攻占英军控制的四臂村，牵制英军，不让他们支援普军，他自己则亲率另一部分人马进攻普军。

滑铁卢之战的序幕就这样拉开了。法军如一道倾泻而下的钢铁洪流，突然出现在普军面前。普军慌忙应战，可他们哪里是这些斗志高昂的法军的对手。在法军的猛烈攻势下，普军的阵脚很快大乱。法军轻而易举地攻占了林尼村，切断了普军和英军的联系，形成了对普军的包围之势。

普军不甘心被围歼，在元帅布吕歇尔的亲自率领下，普军 32 个骑兵中队向林尼村发起了反击。法军近卫军飞马迎战。阵地上战马嘶鸣，刀光闪闪，一片混乱。

有个名叫吕西安的法国士兵，长得人高马大，勇猛无比。他挥舞着一把马刀，左劈右砍，接连打倒了好几个敌人。忽然，他看见一匹纯种大白马从面前一闪而过，骑在马上的是一个头戴元帅帽的老头儿。

“好哇，是个当官的，今天我的运气可真不错。”吕西安兴奋地想道。

他一踢马肚子，战马似旋风一般向大白马追去。快要追上时，吕西安大喝一声：“哪里逃！”举刀就砍。那老头儿听到背后呼呼的风声，知道不好，急忙纵马一让，马刀从他的腿边滑过，一下砍在了他坐骑的屁股上。大白马一个惊跳，把老头儿颠倒在地。

吕西安见状，掉转马头，举刀又砍。忽然，“砰”的一声，他只觉得胸口一热，跌下马来。原来是一个普军在他背后开了一枪。那个普军奔到老头儿面前，翻身下马，把老头儿——普军元帅布吕歇尔扶了起来。他看看周围正在酣战的法军，灵机一动，摘下布吕歇尔的元帅帽，把自己的帽子给他戴上，趁着混乱把这个 72 岁的老元帅救了出去。

普军见主帅受伤，无心恋战，急急向英军所在的方向逃跑了。

拿破仑早在两军激战时，就命内伊派一部分兵力堵住普军的退路。谁知内伊没有领会拿破仑的意图，行动缓慢，贻误了战机，使普军得以逃走。而且，内伊也没按拿破仑的命令拿下交通要道四臂村，以至于英军得以顺利后撤。

正在四臂村同内伊作战的英军统帅威灵顿，听到布吕歇尔战败的消息后，生怕孤军深入被法军包围，立即率部向滑铁卢方向退却。

词语百宝箱

嘶鸣　人高马大
一闪而过　颠倒

拿破仑击败普军后赶到四臂村，见由于内伊行动不果断，英军正从他的眼皮底下逃跑，不禁大怒，立即挥军向英军追去。

突然，一道闪电划破了阴沉沉的天空，随着一阵轰隆隆的雷声，一直笼罩在战场上空的乌云，变成了瓢泼大雨铺天盖地而来。道路很快变得泥泞不堪，部队行进困难，官兵们浑身湿透，又冷又饿。拿破仑只得下令停止追击，就地过夜。

“滑铁卢大雨”使英军绝处逢生，逃脱了被歼的厄运。他们迅速撤退到滑铁卢一带，占据有利地形，布好了防线。

第二天，拿破仑得到情报，得知战败的普军已恢复生机，正兵分两路开来，一路包抄法军右翼，一路支援英军，准备同法军决一死战。拿破仑急忙一面去调部队，一面布置阵地。

由于下了一夜大雨，道路泥泞，法军的270门大炮无法全部按时进入阵地，致使这个拿破仑最擅长使用的威慑力极大的武器没有发挥应有的作用。

6月18日11时半，随着三声炮响，著名的滑铁卢之战的决战开始了。

首先是法军的80门大炮齐声轰鸣，向着英军阵地猛轰。接着，法军的骑兵部队以排山倒海之势向英军猛冲，然后是步兵的轮番冲击。面对法军的进攻，英军也不示弱，顽强地进行反击。英军的阵地十几次被法军攻占，又十几次夺了回来。经过几小时的浴血奋战，双方都损失惨重，疲惫不堪。

见法军迟迟没有进展，拿破仑急了，他命令内伊元帅亲自上阵，不惜代价拿下英军阵地。

被称为“勇士中的勇士”的内伊一马当先，他大声喊叫着，不顾一切地冲在骑兵队伍最前头。突然，一颗子弹飞来，他的马一个趔趄，中弹倒在了地上。跟在后面的人正要去拉他，他已一跃而起，几步冲到备用马跟前，飞身而上，人刚落座，马已冲出去有几米远。“为了法兰西，冲啊！”他喊道。

“冲啊！”阵地上一片呐喊声，万把马刀闪着寒光，如同旋风般向敌人阵地上卷去。内伊的坐骑三次中弹倒地，他却毫无惧色，换了匹马又继续砍杀。

英军终于招架不住，溃退了。而法军伤亡惨重，疲惫不堪，也无力向纵深和两翼进攻。双方都在焦急地盼望自己的援军到来。

援军终于来了。一支大部队正从法军的后方远远地开过来，队伍前面的旗帜在苍茫的夜色中隐约可辨，那是普鲁士军旗。

见自己的援军到了，威灵顿元帅顿时精神振奋，立即命令部队反攻。精疲力竭的法军遭到前后夹击，再也支持不住，全面崩溃了。拿破仑骑马逃出了战场。

滑铁卢一战，由于兵力悬殊，也由于拿破仑手下将领的不得力，终使法军功败垂成。

词语百宝箱

趔趄　落座
招架

滑铁卢战役失败后，拿破仑再次被迫退位。1815 年 7 月，他被反法同盟流放到位于大西洋南部、远离大陆的圣赫勒拿岛上。1821 年 5 月，拿破仑因胃癌死于该岛，终年 52 岁。

战事余波

滑铁卢战争标志着拿破仑时代的结束，动摇了欧洲封建制度政体，为欧洲各国的资本主义发展奠定了基础。

克里米亚战争

名｜家｜心｜语

沙皇政府在全世界面前给俄国丢了丑，同时也在俄国面前给自己丢了丑。前所未有过的觉醒时期开始了。

——（德）恩格斯

19世纪30年代开始，俄国已走上工业革命的道路，资本主义生产力和生产关系的发展，猛烈地冲击着封建农奴制自然经济，客观上要求必须废除农奴制。而贵族地主为维护农奴制统治，加紧了对农民的剥削和压迫。为此，俄国农民运动波澜壮阔地发展起来。据沙皇政府统计，1826—1854年，共发生了709次农民起义，平均每年24次以上，沉重地打击了沙俄专制统治。沙皇政府为挽救农奴制度，扩展在欧洲的霸权，转移人民的革命斗争视线，于1853年10月向土耳其开战，于是爆发了克里米亚战争。英法为保持和扩大在土耳其的势力，参加了土耳其方面对俄作战，所以，这一场战争实际上是俄国与同盟国（英、法、土和撒丁王国）争夺近东统治权的战争。

1853年2月，尼古拉一世派遣他的特使缅施科夫海军上将前往伊斯坦布尔，要求土耳其政府承认俄皇对苏丹统治下的东正教臣民（保加利亚人、塞尔维亚人、罗马尼亚人以及希腊人等）有特别保护权。土耳其自恃有同盟国撑腰，于1853年5月拒绝了俄国的要求，并允许英法联合舰队进入达达尼尔海峡。俄国遂与土耳其断交，并于1853年7月3日派兵进驻摩尔达维亚和瓦拉几亚这两个多瑙河公国。

1853年10月9日，土耳其苏丹阿卜杜·麦吉德在大不列颠和法国的支持下要求俄国归还这两个公国，并于10月16日对俄国宣战。揭开战争序幕的是锡诺普海战。

俄国舰队比土耳其舰队强大得多，不仅可以对付土耳其的海上力量，而且还可以协助陆军的行动。11月，在高加索战区，双方陆上作战均无成效。但从战争一开始，俄国黑海舰队就卓有成效地活动在敌海的交通线上，将土耳其舰队封锁于各港口之内。

1853年11月30日，俄军在锡诺普港湾全歼土耳其分舰队，俘虏其指挥官奥斯曼·帕夏。锡诺普海战的胜利，是俄国在战略上取得的一次重大胜利。英国和法国也很快参战。

1854年1月4日，英法联合舰队进入黑海，负责护卫土耳其交通线。俄国政府遂于1854年2月21日宣布与英国和法国处于战争状态。俄国被迫以70万兵力与拥有约100万军队的同盟国进行战争。俄军在军事技术装备方面远远落后于西欧诸国，俄军基本上是由陈旧的帆力舰船组成，军队的武器主要是射程短的燧石滑膛枪，而当时联军装备的多半是线膛枪。并且奥地利、普鲁士和瑞典都有可能站在反俄同盟方面干预战争。

战斗在几个战区同时展开。俄军进攻发展顺利，占领了土耳其不少地区。

词语百宝箱

自恃　撑腰
卓有成效

1854年9月14—18日，盟国舰队以强大的兵力（89艘作战舰、300艘运输船）支援和掩护一支远征部队（6.2万人、112门火炮）在克里米亚半岛耶夫帕托里亚以南实施登陆。由于俄国陆军和舰队处于被动状态，联军部队通行无阻，顺利登陆。9月20日与防守在阿利马河地区的缅施科夫军（约3.4万人、84门火炮）遭遇，俄军惨遭失败，被迫向塞瓦斯托波尔退却，而后又退向马赫奇萨莱地区。

联军统帅部决定不从北面进攻塞瓦斯托波尔，采取了迂回机动的方法，从南面抵近塞瓦斯托波尔城。1854年9月25日，塞瓦斯托波尔城内宣布戒严，由此开始了历时349天的塞瓦斯托波尔保卫战（1854—1855）。约有6万人的英法联军遭到只有1.8万名俄国步兵和水兵的塞瓦斯托波尔守备部队的抵抗。联军有120门火炮和1340门舰炮同时从陆上和海上对该城进行了轰击，而俄军仅有268门火炮。联军指望以海陆两面的猛烈炮火摧毁要塞的陆上工事，而后一举攻占塞瓦斯托波尔。但是，俄军海岸炮台的还击使联军围城火炮和舰只受到较大损失。缅施科夫虽然组织兵力进行了反击，但终因寡不敌众，俄军战败。

1854年，交战双方在奥地利的调停下开始进行停战谈判。俄国认为同盟国所提条件无法接受，和谈于1855年4月中断。战事在所有战区持续未断，但克里米亚战区仍然是主要战区。在波罗的海交战的双方舰队均未取得实际成效。

词语百宝箱

通行无阻　戒严
指望　寡不敌众
调停

在高加索战区，联军采取了一系列积极行动。然而，主要战事仍在塞瓦斯托波尔城下展开。塞瓦斯托波尔守城军民开展卓有成效的地雷战。他们在棱堡前面构筑一些新的野战工事，将火力与战壕的使用巧妙地结合起来，首创了多种阵地战法。联军对塞瓦斯托波尔实施数次炮击，继之强攻，多被击退，双方均伤亡惨重。

联军最后于 9 月 8 日对塞瓦斯托波尔发起总强攻，夺取了塞瓦斯托波尔防御体系中的关键阵地马拉霍夫岗。俄军统帅部决定放弃城市，撤到塞瓦斯托波尔港湾北岸，将弃置的舰船全部沉没。

1855 年年底，战事实际上已经停止。双方在维也纳恢复谈判，俄国政府被迫做出让步。

1856 年 3 月 30 日双方在巴黎签订和约。俄国被迫接受了苛刻的条件。和约规定：禁止俄国在黑海拥有舰队和海军基地；不准俄国在波罗的海的阿兰群岛上设防；俄国将比萨拉比亚南部割让给土耳其，并归还卡尔斯，承认由各强国对处在苏丹宗主权之下的摩尔达维亚、瓦拉几亚和塞尔维亚三公国实行集体保护。在整个战争中，俄军损失 52 万余人，土军损失近 40 万人，法军损失 9.5 万人，英军损失 2.2 万人。俄国为这场战争耗资约 8 亿卢布，同盟国耗资约 6 亿卢布。

战事余波

克里米亚战争显示出农奴制俄国的腐败和无能。沙皇的失败，使他的君主专制制度在国内外威信扫地，加速了 1859—1861 年革命形势的到来，促进了农奴制危机加深并走向崩溃。

美国南北战争

名 | 家 | 心 | 语

美国内战之所以爆发，是因为两种制度再也不能在北美大陆上一起和平相处了。

——（德）马克思

美国独立以后，在19世纪前半期，通过购买土地、发动战争等手段，使领土迅速扩张。19世纪中期，美国领土已从大西洋沿岸扩展到太平洋沿岸。

随着领土的扩张，美国经济实力也不断增强。1810—1860年，美国的工业总产值增长近9倍，成为仅次于英、法、德的世界第四工业强国。而在美国南方，种植园主仍使用黑人奴隶为主要劳动力，生产棉花、烟草等作物。这些黑人奴隶是十六七世纪被贩奴者们从非洲大陆贩运到美洲的黑奴的后代，他们没有任何人身自由，每天被迫从事繁重的劳动达18—20个小时，生活非常悲惨。这种野蛮的奴隶制度，引起了黑人的强烈反抗。在南方的蓄奴州里，经常有黑奴逃出种植园，逃往北方的自由州。

19世纪上半叶，美国北方一些白人和黑人联合起来，呼吁在全国废除奴隶制，解救黑奴，致使南北方的矛盾日益尖锐。在1860年的总统选举中，成立不久的代表北方资产阶级的共和党击败了代表南方种植园主利益的民主党，获得大选的胜利，一贯主张废奴的共和党总统候选人林肯当选为美国第 16 届总统。

林肯当选总统以后，南方的南卡罗来纳州首先宣布退出联邦。为了防止国家的分裂，林肯提出一项缓和的计划：奴隶将由国家采取措施予以解放，而原拥有奴隶的种植园主将得到补偿，由联邦政府负担这笔开支；解放奴隶的过程将是逐步的、有条不紊的；解放了的奴隶将移居国外。虽然国会通过了这项计划所需的资金，但没有一个蓄奴州愿意接受这个计划。

1861 年 2 月，南部各州宣布脱离联邦，另外自行组织了一个“南方联盟政府”，并由大种植园主戴维斯出任“总统”。这一年 4 月，他们不宣而战，进攻并且占领了政府军把守的萨姆特要塞。这使林肯在刚上任的时候，就不得不宣布对南方作战。美国南北战争爆发了。

当时北方拥有 23 个州，而南方仅有 11 个。从人数上看，北方各州有 2200 万人，南方仅 900 万人，其中还有不少是黑人奴隶；北方的工业生产总值占全国的 92%，南方仅占 8%。从双方的力量对比和人心向背来看，形势显然有利于北方。但是，林肯政府为了维护国家的统一和稳定，没有采取强硬的政策，带有被迫作战的意味，这就给了南军可乘之机。南军仗着充分的准备和训练有素的部队，在战争初期占了上风。北军则毫无准备，又缺乏作战经验和坚定的方针，结果接连败退。特别是 7 月 16 日的布尔伦河一战，麦克道尔率领的北方军遭到南军两路夹击，全军溃败。

这是美国内战爆发以来第一次大规模的战斗，因此影响很大，谣言四起，传说南军追兵马上就到，国会大厦即将放弃。形势十分严峻，连首都华盛顿也受

词语百宝箱

有条不紊
不宣而战　强硬
训练有素　谣言
严峻

到威胁。同时，由于原联邦军陆军总司令麦克米伦耽于幻想，缺乏判断力，在作战中过于谨小慎微，迟迟不肯向南方进军，结果坐失战机，一连好几个月毫无作为。在东线的弗雷德里克斯堡战役中，联邦军连续主动 16 次正面进攻，均遭惨败。在西线，南军接连攻占了阿力伯克基和桑特。除了格兰特将军指挥的联邦军在肯塔基州和田纳西州打了一些胜仗外，在其他战场上，几乎处处都是南军占了上风。这种软弱无能的状况，引起了北方人民的不满。他们愤怒地走上街头，呼吁："清除反革命分子！""立即解放黑奴！""把土地分给农民！"在华盛顿，在纽约，在北方各地，都响起了工人、农民和知识分子的呼声。

人民群众的呼声使林肯极为震惊。为了摆脱困境，扭转战局，自 1862 年起，林肯政府采取了一系列顺应民意的措施。首先是颁布了《宅地法》，允许那些连续 5 年在西部无主土地上耕种的农民，只要缴纳少数手续费就可获得一定的土地。随后又在 1862 年 9 月 22 日正式颁布了《解放黑人奴隶宣言》，规定从 1863 年 1 月 1 日起，所有南方联盟各州的黑人奴隶，都被认为是自由人。他们有在陆军和舰队里服兵役的权利，可以参加联邦军队。这些措施虽遭到一些保守政客的反对，但是得到了广大人民的热烈支持，并迅速产生了效果，南北战争转变成了一场盛大的革命。美国工人参战了，获得了土地的农民参战了，解放了的黑奴参战了。北方参战的工人几乎占了工人总数的 1/2，直接参加战斗的黑人达到了 18.6 万人。在这种形势下，南北战争的局面终于扭转了。

1863 年 6 月 28 日，在葛底斯堡进行了南北战争以来最大的一场战役。在这场至关重要的战斗中，联邦军击溃了南方军队，开始掌握了

词语百宝箱

谨小慎微　软弱无能

战争的主动权。同时，在西线，格兰特将军也攻下了南军的坚固要塞维克斯堡，将西部的南军分割为南北两段。格兰特在一系列战役中表现出的刚毅果断、敢作敢为的气质和作战有勇有谋、不拘一格的特点，给林肯总统留下了深刻的印象。1864 年 3 月 9 日，林肯召见格兰特，任命他为美国联邦军陆军总司令，负责指挥全军。

1864 年 5 月 4 日，格兰特指挥 10 万大军，在弗吉尼亚州北部拉皮丹河一带向南军统帅罗伯特 · 李率领的南军主力发动了攻击。两军在这里苦战了近一个月，最后，在联邦军战士不惧牺牲的顽强攻击下，南军阵线被打开缺口，被迫撤退。格兰特乘胜进军，在 6 月中旬，把罗伯特 · 李率领的 5 万南军主力包围在通往里士满的要塞彼得斯堡之中。与此同时，联邦军西线司令官、格兰特的得力助手谢尔曼指挥西路联邦军以大迂回之势横扫南军后方，沿途攻克了多处南军驻守的要地，特别是 1865 年 1 月在本顿维尔击溃了南军将领约翰斯顿指挥的最后一支南军机动部队，使南军困守的彼得斯堡成了一座孤城。罗伯特 · 李经过 9 个月的顽抗，终因军力疲惫不支，于 1865 年 4 月 2 日被迫撤出彼得斯堡。彼得斯堡失守，南方联盟的首都里士满便无险可守，很快也被格兰特大军攻克。4 月 9 日，罗伯特 · 李被迫向格兰特投降。美国南北战争结束。

词语百宝箱

刚毅　敢作敢为
有勇有谋　不拘一格

战事余波

美国南北战争的胜利使美国在全国范围内彻底废除了罪恶的奴隶制度，也维护了国家的统一，进一步完善了宪法，扫除了资本主义经济发展的障碍，为美国在下一个世纪的腾飞奠定了坚实的基础。

普法战争

名 | 家 | 心 | 语

我们现在是在进行一场暗中的战争。欧洲再没有和平，没有自由和进步。

——（法）甘必大

1866 年，俾斯麦联合意大利发动了对奥地利的战争。奥军战败，被迫向普鲁士求和。8 月 23 日，普、奥在布拉格签订和约，奥地利退出德意志联邦。俾斯麦趁机吞并北部 4 个支持奥地利作战的邦国，并于第二年组建了以普鲁士为首的北德意志联邦。普奥战争虽然确立了普鲁士在德意志的统治地位，但德国的统一还未完成。巴伐利亚、巴登、维尔腾堡和黑森达姆斯塔德等西南四国仍保持独立。这四国紧邻法国，拿破仑三世不愿看到德国强大，极力施加影响。这促使俾斯麦下决心借助武力解决同法国的纷争。

19 世纪中期，法国资本主义经济持续发展，工业革命濒于完成，生产能力仅次于英国，居资本主义世界第二位。帝国皇帝拿破仑三世，为了维护大资本家的利益和巩固自己的统治地位，对内采取了反革命的军事独裁，并把国家的军事、警察、官僚机构扩展到前所未有的规模，人民对帝国政权极端不满。对外采取扩张主义政策，频频发动侵略战争。

法国对毗连的德国莱茵河地区丰富的天然资源早已垂涎三尺，但苦于机会不到。1866年的普奥战争结束后，普法之间的关系很快便进入一个空前紧张时期。普法两国都在有意识地为赢得一场预想中的大规模厮杀而积极创造条件。

19世纪60年代末，法国无产阶级十分活跃。1864年第一国际成立，巴黎及其他城市先后成立国际支部，领导工人群众频繁进行政治罢工，鼓动推翻拿破仑三世的反动统治。拿破仑三世面对国内动荡的局势，为摆脱国内的政治危机和满足资产阶级的掠夺欲望，急于发动一场对外战争。此时，普王威廉一世的亲属、霍亨索伦家族的利奥波德亲王，应西班牙政府之邀同意继承西班牙王位。法国因担心普西联合反法而极力反对。俾斯麦制造了有辱法国的“埃姆斯电报”事件，使法国于7月19日向普鲁士宣战，普法战争爆发。

1870年7月19日法国向普鲁士宣战。法国计划争取先机，集中兵力迅速越过国界，向法兰克福方向突进，切断南北德意志之联系，迫使南德意志诸邦保持中立，合力击败普鲁士。但实际上法军动员和集结缓慢，到7月底才集结于边境8个军，约22万人，8月初编为两个军团，分别由M.麦克·马洪元帅和A.F.巴赞元帅率领，且后勤供应极差，部队缺少帐篷、水壶、行军锅和其他装具，肉食是腐烂的，面包常常是发霉的。

普军总司令是普王威廉一世，总参谋长为H.K.毛奇。普鲁士计划集中优势兵力，进攻阿尔萨斯和洛林，力图将法军主力歼灭于普法边境地区或将其赶至法国北方，继而进攻巴黎。普军动员计划周密，采用铁路运输部队。至7月底，已于边境集结3个军团，约47万人，且装备齐全。

词语百宝箱

毗连　天然

垂涎三尺　厮杀

8月2日法军在萨尔布吕肯地区首先向普军发动进攻，但并无有力的作战行动。普军遂于8月4日转入进攻，越过国境。法军在边境地区不利的阵地上迎击普军的进攻，在维桑堡会战（8月4日）、沃尔特会战（8月6日）和斯比克伦会战（8月6日）中一再失利。巴赞犹豫不决，时而决心退向沙隆与M.麦克·马洪会合，时而决心在梅斯防御。当最后决定向沙隆撤退时，已丧失时机，普军已逼近。

经8月14日的马尔斯拉图尔会战和8月18日的格拉沃洛特—圣普里瓦会战，巴赞军团被普军第1、第2军团合围于梅斯。麦克·马洪率军退往沙隆，他原准备诱敌深入，在巴黎城下与普军决战，但是，帝国政府担心继续退却会在国内引起动荡或革命，令其前往解救巴赞。于是麦克·马洪于8月22日率军从兰斯出发前往梅斯。此时从柏林传来一则假消息，说除围攻梅斯的部队外，普军决心全部向巴黎挺进。实际上普军第3军团仍在继续追击麦克·马洪的部队，它向右实施了一次大胆的迂回，协同新编成的第4军团将麦克·马洪率领的法军连同当时随军的拿破仑三世一起围困于色当。

9月1日，两军在色当决战，法军大败。

色当城四周地势陡高，小山环绕，法军驻扎在色当，如瓮中之鳖。原来麦克·马洪并不想在这里组织防御，只是准备在这里休息两天，然后回军西南，向兰斯方向撤退。普军抓住这个有利时机，直逼色当城。此时，第3军团渡过马斯河后，控制了色当城以西一线及西北、西南和南面有利地形，缪斯军团接着进至色当以东和东南一线。普军从四面包围了法军。毛奇指着地图，得意扬扬地说："现在我们把他们关在一个'老鼠笼子'里了。"

9月1日凌晨，法军迅速占领阵地，准备做最后的抵抗。普军15万人已占领了周围所有高地，俾斯麦和国王威廉一世站在离色当只有3000米的小山上，用望远镜注视着色当，踌躇满志。晨雾刚一消失，700门大炮便一齐向法军阵地轰击，雨点般的炮弹落在阵地上、房屋上，到处响彻着震耳欲聋的轰鸣声，到处燃烧着飞腾的火焰。法军纷纷败下阵来，争相逃命，溃不成军。麦克·马洪被一块弹片击中，负了重伤，杜克罗特接任总司令。他来到前沿阵地，只见普军强大的纵队，正纷纷向西北行动，迂回包围其左翼。他立即命令反包围，抢占高地，夺取退路，可是没有成功。将近11点钟，9万法军全被包围。普军采取联合火力，集中有效炮火进行压倒性射击。下午1时半，色当城里的法皇路易·波拿巴面临绝望的处境，感到决一死战，倒不如以屈求和。于是下午3时，法军在塔楼上升起了白旗。

9月2日，法皇拿破仑三世、麦克·马洪元帅及39名将军率8.6万余名法军在色当向普军投降。9月4日，巴黎爆发革命，推翻法兰西第二帝国，成立法兰西第三共和国，组成以特罗胥将军为首的“国防政府”。至此，德国民族统一的障碍已消除。但普鲁士当局决心将战争继续下去，于是派兵向巴黎进军。从此，普鲁士所进行的战争已从防御性战争转变为侵略性掠夺战争。

9月19日，普军包围巴黎。巴黎的工人阶级奋起抗敌，国防政府则阴谋策划投降。10月27日，巴赞元帅交出麦茨要塞和17万法军，法国处境更加困难。

法国人民在各地展开游击活动；新成立的北方军团和卢瓦尔军团在法国北部和南部继续抵抗；意大利

词语百宝箱

踌躇满志　飞腾
决一死战

民族英雄加里波第带领志愿部队同法国人民一起抗击普军。但资产阶级政府继续执行卖国政策，于1871年1月28日同德意志帝国签订全面停战协定，5月10日正式签订《法兰克福和约》。普法战争告终。

战事余波

普法战争实际上导致了两件大事，也就是两种重要力量的产生：一是法兰西帝国走向崩溃，德意志得以统一，代表一种新型的帝国力量宣告产生；二是巴黎公社在战火中酝酿和诞生，代表先进的无产阶级力量开始走向历史舞台。

马尾海战

名｜家｜心｜语

窃自马江败后，法人据越南，职于此时隐忧时事，妄有条陈，发日本之阴谋，指朝鲜之蓄患，以为若不及时图治，数年之后四邻交逼，不能立国。

——康有为

1884 年（清光绪十年）8 月 23 日下午，在我国福建沿海的马尾（也叫马江），中国军舰与法国军舰进行了一场短距离的“港战”。中国军舰损失惨重，耗费亿万银两的福建水师及陆上设施毁于一旦，2000 多名中国海军官兵和当地居民，或躺在血泊中，或葬身于海底。

马尾，是一个优良的军港，位于福建闽江下游，距离福州 16.4 公里，顺流而下就是茫茫的东海。这里青山环抱，众流交汇，江面宽阔，地理环境得天独厚，列闽、粤、浙沿海港湾优美之最。自东汉以来，这里是从越南到洛阳水上交通的必经之地。明朝年间马尾港成为海防重镇。1840 年鸦片战争后，被辟为五通商口岸之一。到了清朝江山已有了裂痕的年月，由大臣左宗棠、沈葆桢倡议，在马尾建立海军基地，驻屯福建水师，并创立了我国第一个海军造船厂和船政学堂。从军事角度上说，马尾港扼住闽江咽喉，航道险恶，有双龟屿、壶江、川石、五虎岛，古称“双龟守户、五虎把门”。这层层关卡，重重险阻，确是当时海军基地防御的良好屏障，可谓“固若金汤”。

19世纪70年代以后，法国加紧对越南的侵略。妄图从越南入侵中国西南腹地。在法国迫使越南签订《顺华条约》后，立即把侵略的矛头指向中国。

1883年（清光绪九年），法军在越南山西向清军和广西刘永福率领的黑旗军联合防守的陆地发动进攻，中法战争由此拉开了序幕。在法国军事进攻和外交诱降的胁迫下，清政府于1884年5月与法国侵略者签订了中法《简明条约》。6月间，这个张牙舞爪、气势汹汹，号称“所向无敌”的帝国主义侵略者，扬言要中国军队立即撤出越南，同时在谅山附近制造事端，诬蔑中国方面破坏条约，要中国赔偿军费2亿5千万法郎。同时，法帝国主义又扬言，如果中国方面赔不起这笔军费，就要以武力占领中国沿海一两个港口，作为“抵押品”。

紧接着，法国军舰开始蠢蠢欲动，首先派军舰进攻台湾的基隆，被守军击退。是年8月，法国海军司令孤拔率领舰队在我国东海沿岸游弋，寻找进攻中国海防要地的突破口。孤拔认为：查遍中国防务，唯有马尾是个罅隙。于是，法舰队以“伏尔他”巡洋舰为首的9艘兵舰大摇大摆地开入闽江内的马尾港，准备对福建水师发动突然袭击，一举占领福州，达到其侵略中国的目的。

法国舰队在中国领海横冲直撞，清政府不但不加以阻止，反而委曲求全，派两江总督曾国藩为全权大臣到上海与法驻华公使巴德诺议和，同时，给福建官吏下了一道“谨守条约”“不可衅自我”的命令。直隶总督兼北洋水师大臣李鸿章更是被法国军舰吓破了胆。

词语百宝箱

张牙舞爪　气势汹汹
扬言　诬蔑　蠢蠢欲动
游弋　罅隙　委曲求全

他说："法人是坚炮船利，实非南北各船所能敌"，并提出所谓"以柔制刚"的办法，主张把马尾造船厂腾出来，让法国海军暂时居住，对他们招待好一点儿，千万不要招惹他们。而福建沿海人民对法军舰的入侵，却无不义愤填膺，同仇敌忾。他们身背来福枪，手举竹竿、长矛、扁担、锄头、镰刀，涌向法军密集的地区游行示威，强烈抗议法国军舰驶进马尾港。愤怒的群众用刨花稻草扎成团，浇上火油焚烧了殖民主义者的洋行。福州市郊的农民，目睹法舰在马尾寻隙挑衅，无不咬牙切齿，纷纷要求清政府下战表，把侵略者赶出去。

福建水师下级官兵和闽江两岸的炮手、陆勇，求战情绪非常强烈。不管"酷暑炎天"，还是"秋雨浃日"，他们始终"枕戈待旦，诺守勉支"，严密监视战舰的行动。但是，他们的求战情绪却受到"不准先行开炮，违者虽胜亦斩"的训斥。当时，停泊在马尾港的福建水师舰船，大部分以"一"字形排列，与法舰紧靠在一起。法舰虎视眈眈，恨不得一口把福建水师吞掉！面对这个险境，水兵们向张佩纶、何如璋等人建议：船舰应疏密相间。首尾数里，万一前船有失，后船亦可接战。但海防钦差大臣张佩纶等人对士兵的正确意见置之不理。闽江两岸的陆军炮手们也提出：堵塞河口，关门打狗。这个歼敌方案也同样遭到当权者的反对。侵略者轻易地长驱直入，从容准备，稳扎待机；而被侵略者，却是殷勤地开门揖盗，引狼入室，听任杀戮！当时在马尾港的中国海军军舰，有轻巡洋舰"扬威"号、炮舰"福星"号、"济安"号、"飞云"号、"振威"号、"福胜"号、"艺新"号、"伏波"号，运输舰"永保"号、"琛远"号以及大小火轮木船 20 余艘。法国军舰有巡洋舰

词语百宝箱

招惹　义愤填膺
同仇敌忾　咬牙切齿
虎视眈眈　开门揖盗
引狼入室

“伏尔他”“杜规特宁”“维拉”“台斯当”“特降方”，炮舰“阿斯比克”“维皮爱”“豺狼”号以及鱼雷艇2艘。双方力量对比，中国海军无疑占优势。但是中国所有舰船皆用首锚系留，船身随潮汐涨落转向。舰上主炮一般装在舰首部分，尾炮火力小，这一弱点使中国海军在海战中吃了大亏。

8月23日下午1时，此时正是退潮，中国军舰舰首朝向上游，主炮背敌，发挥不了作用。法指挥舰“伏尔他”号在法国海军中将孤拔的指挥下向中国军队发起猛烈攻击。在这种情况下，中国官兵不顾清朝政府不准还击的禁令，纷纷将锚链砍断，启动机器，转舵换向，并紧急集合炮兵，推弹上膛，仓猝应战。旗舰“扬威”号上英勇的水兵发扬中国民族不怕牺牲的精神，杀声震天，以舰尾炮还击，第一炮就打中了敌“伏尔他”号的舰桥，击毙敌水兵多人。此时“扬威”号已成众矢之的，密如雨点般的炮弹向它倾泻而来。顿时，驾驶台起火，敌鱼雷艇发射的鱼雷也同时击中船底。“扬威”号开始进水下沉。指挥官张成贪生怕死，在这关键时刻，不是组织士兵们抢滩救危局，而是乘小艇弃舰潜逃。与他相反，船上的水兵们却将一面军旗升到主桅顶，表示舰虽亡，旗还在，人能战，号召全军英勇杀敌，抱定有敌无我，与舰共存亡的决心。“扬威”号被击沉后，失去了指挥，但是，各舰仍是各自为战奋力还击。“福星”号将锚链砍断后，立即掉转船头去援助“扬威”号，但是在冲击中，反而落入敌阵。舰上指挥官三品军功管带陈英激励全体官兵有进无退，指挥全舰火炮瞄准“伏尔他”号猛击，后遭敌舰围攻，终于被击中，舱室爆炸，全舰大部分官兵壮烈殉国。海战越来越激烈，我方的“济安”“飞云”“振威”号锚链没有来得及砍断，前进不行，后退不得，成了水上固定的活靶子，中弹起火。然而，

词语百宝箱

众矢之的　倾泻
贪生怕死　奋力

他们毫无惧色。“飞云”号督带（等同今海军的支队长）高腾云率众鏖战，向敌舰奋勇冲杀。但是，此刻敌舰又是一排炮弹打过来，“飞云”号与“济安”号先后被击沉了。

这时，只听“咣当”几声，另一艘军舰“振威”号的锚链被砍断了，它带着重伤立即向敌巡洋舰“台斯当”号冲击，水兵们准备跳上敌舰拼个你死我活。正在这时，敌鱼雷艇发射的一枚鱼雷，“嗖”地蹿到“振威”号的舰舷，轰的一声巨响，该舰锅炉爆炸，管带许寿山被碎片打中前额，鲜血直流，但仍指挥水兵们冒死一战，终于将“台斯当”击伤。然而，“振威”号因大量进水，舰身倾斜，不到半小时就沉于江底，官兵伤亡过半。

经过激烈的战斗，我方只剩下“福胜”“建胜”“艺新”“伏波”4艘炮舰了。此时军心已散，士气大挫，加上这些炮舰由于退潮掉头困难，炮火无法发挥作用。4艘炮舰几乎成了4堆废铁，任凭敌人敲打。有的被打沉，有的被烧毁，有的搁浅。运输船“琛远”“永保”无炮可以击敌。原准备各载兵300名，以备开战时冲向敌船，跳帮抵船杀敌的，但没有走多远，也被敌击毁。至此，清朝的福建水师在港的20余艘大小舰船，在不到一个小时内就全部被法国海军歼灭，死伤官兵1800多人，失踪50多人。清海军以惨败而告终。

战事余波

马尾海战是中国近代海军创建后进行的首次大的战斗，是法国侵略者对中国军民的一次惨绝人寰的血腥大屠杀。马尾海战后，中国东南沿海和台湾海峡海权落入法军手中。不久清政府正式向法国宣战。

瓦尔密战役

名|家|心|语

要想战胜敌人，我们必须勇敢，勇敢，再勇敢！这样法国才能得救。

——（法）丹东

1789年的法国资产阶级大革命，如同暴风骤雨，席卷着整个法兰西大地，荡涤着一切封建罪恶，但是它并没有彻底扫除封建制度，还保留着象征封建制的君主。在一些革命的人们热衷于搞君主立宪的时候，不甘失去权力的国王路易十六世，暗地里向普鲁士、奥地利、俄罗斯和西班牙的封建君主们求救。这些封建专制的卫道士出于对革命的恐惧，迅速行动起来，纷纷伸出了援助之手。

1791年，普鲁士国王腓特烈·威廉二世和奥地利皇帝利奥波德二世，联合发表“皮尔尼兹宣言”，扬言要帮助法王路易十六世恢复权力，并商定组织联军。1792年7月，由普鲁士元帅不伦瑞克公爵率领的普奥联军，越过边界侵入法国境内，企图用刺刀绞杀法国大革命。联军入境后，杀气腾腾，到处肆意侵凌。统帅不伦瑞克公然狂言：“如果法国国王、王后和王族的成员受到侵犯，他们的安全、尊严和自由不能得到保证，那么，

词语百宝箱

暴风骤雨　荡涤
热衷　绞杀
杀气腾腾　侵凌

我们的两位陛下，就要将巴黎夷为平地。”气势汹汹，大有摧垮法兰西的威势。

面对强敌入侵，法国的英雄儿女勇敢地接受了挑战。立法会议立即通过《祖国在危急中》的决议，号召公民从军入伍，组成义勇军，保卫边疆，捍卫巴黎，捍卫祖国。“公民们，拿起武器！公民们，投入战斗！前进，前进！万众一心，把敌人消灭干净！”这首《莱茵军歌》（后称《马赛曲》，并成为法国国歌）中的几句歌词，正是法国人民踊跃从军、英勇赴敌的写照。马赛人组成的一支义勇军，举着军旗，唱着这首军歌，步行 27 天来到巴黎，听从国家的调遣。

当时，法国人民的爱国热情，犹如郁积多时的火山岩浆，猛烈地喷发出来了。到达应征年龄的公民，纷纷报到入伍，不待起码的训练和装备齐全，就毅然奔赴前线。9 月 1 日，当义勇军队伍集合出征发射礼炮时，革命家丹东在议会上发表了著名的演说，慷慨激昂地指出：“大家所听到的，并不是告急的炮声，而是向敌人发起冲锋的号角。要想战胜敌人，我们必须勇敢，勇敢，再勇敢！只有这样，法国才能得救。”这就是法国革命军进行瓦尔密会战前的群情激奋的爱国情景。

然而，由于种种主客观原因，法国前线的战事却相当糟糕，每况愈下。普奥联军侵入国境后，法国前线还没有真正组织过像样的抵抗。8 月 19 日，法军前线指挥官拉法耶特，竟带领着一些军官逃到荷兰去了。在前线的法国军队，处于无人指挥的状态，以致各部队各自为战，无法阻遏联军的进攻。8 月 20 日，联军攻克隆维；9 月初，夺取了凡尔登要塞。凡尔登是通往巴黎的门户，联军打开这个门户，随后便能长驱直入，向巴黎推进。

在这关键时刻，革命政府采取了紧急措施。

词语百宝箱

夷为平地　慷慨激昂

首先，任命迪穆里耶代替拉法耶特担任摩泽尔军团司令，立即赶赴前线，组织抵抗联军进攻，同时任命克勒曼接替吕内克的军职，负责指挥另一个军团，并立即赶赴梅斯收编整顿部队，协同抗敌；其次，将陆续赶到巴黎的各地义勇军派往前线，立即参加战斗。迪穆里耶接受前线指挥权后，日夜兼程赶到色当，召开军事会议。他正确分析了军事形势，鉴于凡尔登失守，巴黎门户洞开，便提出了一个大胆的行动计划，即后撤到阿尔贡纳森林阻击敌军。

阿尔贡纳位于马恩省境内，森林地带有4个出口，进可以攻，退可以守，在凡尔登失守后，就成了通往巴黎的4个小门户，正是当前战局的咽喉要地。当时，普奥联军正沿大道西进，离阿尔贡纳森林约6法里，而法军要南下抢占路口，则需行走12法里，同时不能有丝毫暴露。迪穆里耶率领军团由小路疾行，扒开野草，砍倒灌木，一路强行军，终于抢在敌人之前占领了阵地。由于兵力不足（只有2万余人），主要抢占了两个路口，其余两个路口只得暂放少量部队守卫，以待援军到达。

普奥联军攻克凡尔登后，不伦瑞克将4万大军分成四路，沿着通往巴黎的大道，从容不迫地向西推进。联军到达阿尔贡纳森林区时，不伦瑞克发现，法军已经抢先占领了主要路口，不由得大吃一惊。这位老奸巨猾的统帅，没有急于进攻，经过仔细观察和判断，决定不攻正面而从侧翼迂回前进。于是，联军一举便穿过了法军防守非常薄弱的谢纳·波浦勒路口和克罗瓦·奥·布瓦路口。

联军绕弯而过，迪穆里耶的主力部队防守落空，且其后方受到了威胁。又是在关键时刻，迪穆里耶果断决策，大胆行动。他立即下令撤退，

词语百宝箱

从容不迫　大吃一惊

于9月14日晚出发，利用夜幕做掩护，悄悄地靠近埃纳河，把军团带到了圣墨尔本。这样，不但逃脱了联军的围击，而且得以于17日同贝农维尔和克勒曼率领的援军会师。9月19日，迪穆里耶统一指挥的法军增至5万余人，开到瓦尔密村附近，在联军前进的大道旁边占领了阵地，决心阻遏敌人的进军。

9月20日，著名的瓦尔密炮战从清晨开始便打响了。当时，又气又恼的不伦瑞克公爵焦躁不安，但还是没把法军放在眼里，只想着速战速决，打开进军巴黎的通路。因此，他抢先动手。联军主力由于先一日已经绕过了法军正面阵地，所以他们首先从瓦尔密的西南方进行猛烈的炮击。这里正是克勒曼将军指挥的防线，双方都以猛烈的炮火构成密集的火网，相互对射。一排排的炮弹倾泻在对方阵地附近，震耳欲聋，火光四溅，尘雾漫天。上午11时，联军发起总攻。自入侵法国以来，联军所见的法军都是只顾防守，不敢冲锋肉搏，一旦逼近便转身逃命，所以联军从不把敌手放在眼中，而这一次，他们却因此吃了大亏。

词语百宝箱

焦躁不安　速战速决
五花八门　雄赳赳
昂首挺胸

在炮击开始的同时，克勒曼将军已经做了殊死杀敌的准备。他把所有的步兵都组成纵队，严令他们不要盲目射击，而要等敌人接近再展开白刃战。他手下的士兵们，大多数是青年志愿兵，还有许多自愿走上前线的义勇军，个个士气高昂，顽强坚定，面对强敌毫无惧色。他们的服装各色各样，武器也五花八门，甚至只有绑在木棍上的一把刺刀，但都有着一颗杀敌保国的决心。这些士兵雄赳赳地屹立在阵地上，如钢铁一样坚硬，一排排闪闪发亮的刺刀，在灼热的阳光下发出了逼人的寒光。

入侵的联军士兵，照例像以前各次进攻那样，昂首挺胸，端枪列队，傲然向瓦尔密高地迈进。就在这时，克勒曼发出了“国民万岁”的口令。霎时间，阵地上的法国士兵同声高喊“国民万岁”，从高地上猛扑下来，各种兵器一齐刺向敌人。那些气焰嚣张的联军士兵，忽然听到对方的齐声呐喊，以及遇上勇猛的冲锋，这才傲气全消，陡然胆战心惊，有的甚至双腿发软，吓得不敢前进。紧接着，阵地前面的肉搏战展开了。阳光下，刀光剑影，闪闪烁烁；金属相击，铮铮有声；哭骂呐喊，乱作一团。法军越战越勇，步步紧逼。联军进攻形势不利，只好边杀边退，扔下了一具具的尸体，退回到进攻的出发地区。

联军很快全线溃退。原来，在克勒曼防线前面的肉搏战打起来后，法军统帅迪穆里耶立即采取了有效的行动，派出沙佐将军率领 9 个步兵营和 8 个骑兵连，迅速移动，从侧面支援受联军攻击最严重的阵地；同时还派出 12 个步兵营和 8 个骑兵连，直往敌军的左翼进行迂回，从侧面威胁敌人。联军统帅不伦瑞克发觉自己处于不利态势，立即下令停止冲击，以便调整部署。但是，撤退必然带来混乱。当联军乱哄哄地暴露在法军炮火射程内时，法军的火炮马上展开轰击，一发发炮弹呼啸着飞向敌群，形成一片火海，给联军以巨大的杀伤。入侵联军的进攻，第一次遭到了彻底的挫败。

联军的步骑兵进攻被打退了，但是炮火并没有停息。直到下午 5 时以前，双方持续地进行着猛烈的炮战。众炮齐鸣，爆炸声此起彼伏，惊天动地，烟尘土屑漫天飞舞，蔽日遮天。双方各守防线，都紧张地注视着对手。

词语百宝箱

胆战心惊　刀光剑影
铮铮有声　此起彼伏
惊天动地

不伦瑞克很不甘心，在停止炮击以后，又组织了一次新的进攻，想借着夜色的掩护夺取法军的阵地。但是，这时联军的威风已失，士气低落，军心不振，其进攻没有多久又被打退了，而且伤亡严重。再次进攻失败，迫使不伦瑞克只得放弃继续进攻的念头，决心让部队退回到原来占领的阵地。这位昔日狂妄傲慢、目空一切的统帅，眼看着自己的士兵丢盔弃甲、意气消沉地走上归途，不禁发出了哀叹："这次攻击失败了。我们想要到达巴黎的愿望，恐怕也要随之消失。"

敌军退走了。迪穆里耶却不敢稍有懈怠。9 月 20 日夜晚，他再度调整部署，命令部队占据更为有利的阵地，做好继续战斗的准备。但联军统帅不伦瑞克却犹豫不决，不敢再进攻了。以后，一连 10 天双方相互对峙着，没有发生积极的战斗行动。到 9 月 30 日，联军开始脱离战场，全线撤退，并于 10 月 5 日完全撤出了法国国境。

瓦尔密会战是以"青年志愿兵"为主的法国革命军队第一次在气势上压倒敌人的战斗，革命士兵的高昂斗志和英勇搏斗对战斗的胜利起了决定性作用。迪穆里耶和克勒曼等指挥官在作战中指挥得力，处事灵活机动，各军团和部队在战斗中密切配合，以及组织良好的炮兵火力等，也都是取胜的重要因素。瓦尔密精神，成了法兰西人民永不忘怀的光荣传统。

词语百宝箱

目空一切　丢盔弃甲

意气消沉　懈怠

战事余波

瓦尔密大捷对挽救法国革命起了重大的历史作用，它是革命的法国反击欧洲反法联盟的第一次胜利。后人把瓦尔密的隆隆炮声，誉之为催动法兰西共和国诞生的礼炮。

三元里抗英斗争

名｜家｜心｜语

夷自是始知粤人之不可犯，克日全帮退虎门外。

——梁廷

1841年5月29日上午，从广州城北门里走出一个中年汉子，此人浓眉大眼，膀阔腰圆，走起路来虎虎生风。他叫韦绍光，家住三元里村，靠种菜为生。他自幼习武，练得一身功夫，又为人正派，好行侠仗义，爱打抱不平，村里谁家受人欺负，有了委屈，总爱向他倾诉，所以深受村民们的信任和敬重。

此时，韦绍光挑着一副空竹筐向村里走去，只见村上的小五子迎面飞奔而来，未等靠近，就气喘吁吁地说："韦大哥，你快去吧，十几个'番鬼佬'在河边欺负大嫂她们，现在正打着呢！"韦绍光一听，怒从心头起，扔下竹筐，抄起扁担，飞快地向村头河边跑去。

词语百宝箱

虎虎生风　打抱不平
气喘吁吁

原来，鸦片战争开始以后，清朝政府实行投降主义路线，靖逆将军奕山率1.7万名绿营兵在广州作战，居然被只有少数官兵的英国军队打得七零八落，溃不成军。英军占领广州城郊重要据点泥城、四方炮台以后，奕山便在广州城头竖起白旗，派广州知府余保纯向英国驻华领事义律和英军司令官卧乌古乞降，并签订了可耻的《广州和约》，约定一周内交付英军赎城费 600 万元，奕山率清军退驻广州城外 60 里的地方。

《广州和约》签订后，英军肆无忌惮，带着武器在附近农村烧杀抢掠。这些侵略者到处奸淫掳掠，杀人放火，抢粮食，宰牛羊，甚至盗掘坟墓，从棺材里抢陪葬品。三元里是一个几百户人家居住的村落，位于广州城北，离城约 5 里，贴近英军驻地四方炮台，所以受害最深。

这天上午，在村头的小河边，李喜与村里的几个妇女一边淘米、洗菜、洗衣裳，一边说说笑笑拉家常，说着说着，话题就扯到英国军队身上。马大婶说她娘家的村子遭到英军的袭击，房子被烧了十几间，几个没来得及跑走的女人被“番鬼佬”们糟蹋，惨不忍睹。跑走的人回到村子，个个咬牙切齿，发誓要报仇。马大婶说得有声有色，女人们听得聚精会神，突然听到马大婶的女儿水秀一声惊叫，众人吃了一惊，抬头一看，这才发觉十几个英军正向她们猛扑过来。

这十几个英军本来是到三元里村抢东西的，他们过了桥，发现河边有一群女人，便喜不自胜，悄悄地向河边包抄过来。李喜感到跑是跑不成了，于是本能地张开双臂，护着女人们，叫大家稳住，伺机而动。英军如狼一般跑了过来，一个英军盯上了水秀，猛地扑过来，紧紧抱住她。水秀受到惊吓，一时不知如何是好。英军把水秀抱到一边，伸手要撕水秀的衣襟。马大婶见心爱的女儿要被糟蹋，便不顾一切地

词语百宝箱

有声有色　聚精会神
喜不自胜

跑过去抱住那个英军。英军没有转身，只用胳膊肘向后一捣，马大婶只感到腹部一阵疼痛，不由自主地跌倒在地。但她什么也不顾了，立即爬起来，又扑上去，双手紧紧地勒住那个英军的脖子，并咬住他的耳朵，竟把那个英军的耳朵咬掉了半个。英军痛得哇哇怪叫，急忙放开水秀，挣开马大婶，端起来福枪，连放两枪。随着“砰砰”的枪声，马大婶倒在血泊中。枪声惊动村民，村民们纷纷赶来。

韦绍光赶到河边时，河边已经乱成一团。韦绍光抡起扁担，上挥下扫，左砍右劈，英军应声倒地。几个英军见势不妙，丢下七八具同伴的尸体，如丧家之犬，仓皇而逃。

水秀姑娘伏在马大婶身上哭得死去活来，乡亲们眼睛血红，满腔悲愤。韦绍光把一块黑布盖在马大婶遗体上，然后默默地站着，紧握拳头。私塾的黄先生走到韦绍光跟前，对他说：“洋鬼子不会善罢甘休的，我们先到古庙里从长计议，商讨对策。”

在村北三元古庙前，聚集着全村的男女老幼，他们愤怒声讨英国侵略者的罪行，请求韦绍光担任首领，率领他们自卫反抗。韦绍光、黄先生等人从古庙里出来，站在庙门口的台阶上。望着愤怒的乡亲们，韦绍光脸色严肃地说：“乡亲们，我们打死了七八个‘番鬼佬’，英国侵略者一定会来报复的，我们不能坐以待毙，我们要组织起来，自卫反抗，把‘番鬼佬’赶出去！我一定领这个头，以身报答大家！”

词语百宝箱

不由自主　死去活来
善罢甘休　从长计议
摩拳擦掌

乡亲们听后，个个摩拳擦掌，准备与英军决一死战。这时，水秀走到韦绍光跟前，将一面黑底、镶着三颗圆星的三角旗递到韦绍光面前，跪了下来，抽泣着说：“韦大哥，这块黑布是你为我娘做生日买的，现在娘走了，我用它做一面三星旗，你就用它做令旗，带领乡亲们杀‘番鬼佬’，替我娘报仇，替受苦受难的人出气！”韦绍光接过三星旗，挥舞着，带领众乡亲宣誓：“旗进人进，旗退人退；吹螺前进，鸣金收兵；脚踏故土，头顶苍天；杀绝英夷，打死无怨！”乡亲们群情激奋，誓言震天，三元里沸腾了。这时，唐夏乡农民颜浩长赶来了。颜浩长是韦绍光的朋友，他来找韦绍光，是要求与他联合起来，共同对付英军，因为唐夏乡日前也遭到英军的洗劫。韦绍光激动地说：“我们这一带 103 乡，哪个乡没有受到英国鬼子的害？我们已派人去串联，决定今天下午，各乡代表在牛栏冈集会，商讨杀洋鬼子的事。”

当日下午，103 乡的农民、渔民、丝织工人、打石工人，以及一部分爱国绅士的代表，在三元里西北的牛栏冈举行会盟。当场决定：以三星旗为总指挥旗，各乡为一个作战单位，各持大旗一面，推举领队一人，指挥作战；以鸣锣为号，一乡鸣锣，众乡皆出；15 至 50 岁的男子，一律参战。韦绍光当即部署作战方案：明天一早，将英军引诱到牛栏冈，一举围歼。

第二天清晨，颜浩长率领一支群众武装，挥动三星旗，冲到四方炮台的前沿。此时，英军正在吃早饭，听到惊雷般的呐喊声，吓得扔掉刀叉盘碟。司令官卧乌古两腿发抖，慢慢挨到炮眼边，朝外一望，这才舒了一口气：原来是一些老百姓，拿的只是大刀长矛。他将大肚子一挺，向那些吓破胆的士兵骂道：“看你们一个个像只熊，还不赶快集合！”义律颤抖着走过来，说：“司令官阁下，中国的老百姓是不好对付的，请阁下慎思。”卧乌古轻蔑地笑着说：“你怎么可以长‘东亚病夫’的威风，灭我‘大英帝国’

的志气？你应该明白，我拥有当今世界上最新式的武器。”他扬扬手中的枪，得意地说：“这种来福枪，还有各式大炮，难道打不赢他们原始的武器大刀长矛吗？”说着便抽出指挥刀，命令部队紧急集合，亲自率领2000名士兵冲下四方炮台。颜浩长见英军冲来了，忙将三星令旗往后一指，群众依计后撤。卧乌古骄狂地一笑，将指挥刀往前一挥，英军拔腿就追。颜浩长一边撤退，一边担心卧乌古不追，因为过了三元里，越往北，道路就越难走，稻田的田埂很窄，英军只能排成单队前进，而且大炮也不能随队运行。然而，颜浩长很快就发现，他的担心是多余的，此时卧乌古正傲气十足，频频挥舞指挥刀，督促部队前进。那个叫毕霞的少校军官，像是为了抢头功似的，率领一队士兵，紧追不舍。颜浩长心中暗喜，说道：“好个龟孙子，老子今天要叫你们尝尝厉害了！”义律是个中国通，他似乎看出了破绽，便对卧乌古说：“司令官阁下，此中可能有诈。你看，这牛栏冈一带，丘陵起伏，树木丛生，易于埋伏，你要谨慎从事。”卧乌古不以为然地摇摇脑袋，不无讽刺地说：“领事先生，看来中国的水不养人呀，喝了中国的水，变成了胆小鬼。”“不，不，”义律很严肃地说，“司令官阁下，你对中国不甚了解，中国人自古以来就熟读《孙子兵法》，而且英勇善战，不可轻视，不可轻视！”义律话音未落，只听得一声锣响，不由得一怔。卧乌古急忙四面环顾，刹那间，只见满山遍野的人流，以排山倒海之势向英军蜂拥而来。“冲呀！”“杀呀！”“杀‘番鬼佬’呀！”喊杀之声震撼山谷，惊天动地。卧乌古此时方知中计，急忙挥起指挥刀，命令部队撤退，然而已经晚了。

词语百宝箱

督促　破绽
讽刺
满山遍野

毕霞少校原来正追在兴头上，陡然要撤，却被后面的部队挡住了去路，只得硬着头皮往前冲杀。原先后撤的颜浩长，早已立住阵脚，冲向英军。颜浩长抢前一步，一抖长矛，大喝一声，向毕霞少校捅去。毕霞还未反应过来，便被刺了个透心凉，倒地毙命。其他英军见了，魂飞胆丧，急忙向右边逃窜。右边的树丛里早就埋伏了弓箭手，梭镖、投枪、羽箭、石弹，纷纷投来，前面的英军应声倒下，后面的见势不妙，又抱头向左边突围。左边的山坡上，冲下一支农民军，大刀挥舞，火绳枪射击，英军又倒下一片。卧乌古这下可慌了神，急令部队分两路突围，向四方炮台撤退。他的意图，早被站在高坡上的韦绍光所掌握，他挥动三星令旗，武装群众已心领神会，当即从两翼包抄过去，断了英军的后路。

一见这阵势，义律不由得心惊胆战，忙对卧乌古说："阁下，快想想办法吧，不然我们都会完蛋。"卧乌古强装镇定他地："我就不信，我们的枪炮是吃干饭的？"他命士兵用炮车围成方阵，发炮向山林猛轰。下午1时许，天公真是作美，闪电划破长空，雷声滚落大地，暴雨倾盆而下。火药受潮，大炮成了哑巴，枪支变成木棍，英军慌了手脚，一个个担惊受怕，士气低落。而乡亲们却兴高采烈，他们披蓑衣、戴斗笠，挥大刀，舞长矛，精神抖擞，斗志更旺，又一次向敌军杀去。英军慌作一团，只得用刺刀抵挡，而那刺刀在中国人的长矛面前，只不过是小孩子的玩具罢了。韦绍光挥舞大刀，冲进敌群中，左砍右杀，大刀上下飞舞，寒光闪闪，敌人被砍倒一片。颜浩长抖动长矛，点刺，横挑，如毒蛇吐芯，似白龙摇尾，杀得敌军鬼哭狼嚎。一些妇女和儿童也挥着锄头、铁耙前来助战，英军被杀得到处乱窜。义律躲在大炮底下，身体瑟瑟抖动，他感到绝望了，冲着卧乌古发牢骚："你狂妄自大，当初不听我的劝告，

词语百宝箱

心领神会　担惊受怕
兴高采烈　精神抖擞

词语百宝箱

泥泞　垂头丧气

充耳不闻

现在弄成这样，你要为‘大英帝国’负责！”一直拎着指挥刀急得团团转的卧乌古猛地站住，大叫道：“现在埋怨有什么用？”他知道现在不是跟义律争辩的时候，再这样下去，他的部队将全军覆没。他命令部队抓紧时间撤退，向四方炮台靠近，这是求生的唯一出路。

大雨停了，淋得像落汤鸡一样的英军，长长的军服裹在身上，长筒皮靴穿在脚上，在泥泞的田埂上高一脚低一脚地走着，寸步难行。赤着双脚的农民们，敏捷地从水田里杀过来，如在稻田里捉王八，不费吹灰之力。只见这些英军，负隅顽抗的被杀，举手投降的被俘，乡亲们越战越勇，英军则垂头丧气，士气全无。卧乌古和义律带着逃兵总算撤退到三元里以南，道路宽些了，路面也好走了，卧乌古命令士兵们一个挨一个，排成方阵，一步一步向后退着走。他认为凭着这样的方阵，老百姓们对他们是无可奈何的。韦绍光与颜浩长、私塾黄先生等人一合计，让乡亲们用带钩的长矛，从方阵中将敌人钩出来。这一招果然灵验，带钩的长矛伸进方阵中，钩子钩住了一个英军的皮腰带，被钩者脸色煞白，哇哇乱叫。乡亲们一拥而上，夺下他手中的洋枪，一阵锄敲耙打，登时丧命。另一个被钩出来的英军鬼哭狼嚎，叫着要卧乌古救他，而卧乌古却视而不见，充耳不闻，龟缩在方阵中，向四方炮台逃去。这个“大英帝国”的将军，征战多年，从来没有像今天这样狼狈过。今天，他终于领教了中国人不屈不挠的反抗精神。下午 4 时卧乌古终于逃进了四方炮台，但他不敢多作停留，于 6 月 1 日，带领英军悄悄离开四方炮台，撤出了虎门。三元里一仗，取得辉煌战果，打死英国侵略军 200 多名，还活捉十几名俘虏，缴获了大量战利品。

战事余波

三元里抗英斗争是中国近代史上人民首次自发组织的大规模反侵略斗争，虽然无法阻止英国继续侵略中国沿海地区，但它表现出的不畏强暴、抵御外敌的爱国精神时刻鼓舞着无数中华儿女。

棉花坡战役

名 | 家 | 心 | 语

棉花坡阵地的得失，直接关系着护国讨袁战局的成败。

——蔡锷

护国战争期间，蔡锷的护国军和袁世凯的北洋军，在四川泸州棉花坡打得难分难解。护国军只有5000人，而北洋军却集中了两个师和几个旅的数万之众，他们仗着实力雄厚，构筑坚固的工事，拼命抵抗护国军的进攻。担任护国军先锋团支队长的董鸿勋，率领敢死队，轮番向敌人的红庙高地进攻，却被猛烈的炮火压了回来。

蔡锷心急如焚，在指挥部里坐不住了，他和总参谋长罗佩金，带着副官、警卫，到棉花坡前线观察敌情。就在这时候，从敌方阵地射来一阵密集的子弹，蔡锷身后的一个警卫中弹倒下了。蔡锷就地一滚，躲过了敌人的子弹，他和副官伏在齐腰深的水田里，天黑后才安全脱险。

蔡锷摸黑回到前线，草草吃了晚饭，顾不得休息，就召开营长以上军官会议，部署作战计划。会议上，蔡锷宣布撤销董鸿勋支队长职务，调朱德来打先锋。朱德当时正在护国军的另一支部队，在昭通和张敬尧决战。

朱德接到电令，连夜赶到总司令部。蔡锷还没睡，正秉烛对着墙上的作战地图沉思。朱德来到门口，他竟没发现。朱德望着日渐消瘦的蔡锷，心里很不是滋味。他想起出征时，蔡锷对他说的话：“我的日子不多了，我要把全部生命献给民国！”蔡将军是凭着顽强的毅力，支撑着病体指挥作战的。朱德激动地喊了声“报告”。

蔡锷听到朱德的声音，转过身，快步迎上，拉着朱德的手说：“玉阶，你来得真快呀！”朱德憨厚地笑着说：“兵贵神速嘛！”蔡锷满意地点点头，朱德是他一手栽培起来的一员骁将。几年前，朱德在当司务长时，有一次和士兵讲故事，讲到了18世纪法国资产阶级革命的一次战斗，被巡营的清军云贵总督府统制钟麟听见了。钟麟大为恼火，说朱德蛊惑人心，宣传异端邪说，要将他逮起来枪毙，是蔡锷挺身而出救了他。蔡锷看出朱德是位有思想的血性青年。那时，蔡锷正酝酿在云南起兵反清，需要朱德这样的人和他共谋大计。他不但没处罚朱德，还提升朱德当了连长。这次护国起义，又任命朱德当了团长。

蔡锷指着墙上的地图说：“你看，棉花坡地处咽喉地带，我军和曹锟的部队集结在咽喉两端，就好比一条河的两岸。如果我们冲过去炸开那边的堤岸，曹锟就陷入灭顶之灾；相反，曹锟冲过来炸开这边的堤岸，我们则全线崩溃。我调你来，就是要你去炸开对方的堤岸，你明白吗？”朱德点点头。蔡将军的分析是正确的，护国军现在是背水一战，没有退路可言。

蔡锷又说：“你指挥第三支队，在陶家瓦房背后，担任正面主攻。但我不要你马上攻克，你要吸引住敌人的火力。我命令另外两支部队，从左右两侧进攻，在他们打开缺口时，你再全力进攻，要一举攻下对面

词语百宝箱

憨厚　栽培
酝酿　灭顶之灾
背水一战

的红庙高地，不能让敌人有喘息的机会。”朱德理解蔡将军的意图，对方的防守是坚固的，如果只突破一点儿，孤军而入，很快会被敌人“吃掉”，只有左、中、右三路同时攻克，才能一举击败强敌。这就要求三路兵马互相配合，把握好战机。

护国军的总攻开始了。蔡锷亲临前线督战，他提着手枪，率领左翼部队，进攻朝阳观敌阵。朝阳观山势雄峻，曹锟的一个旅在此构筑了多层工事，以密集的火力实行封锁。护国军正面迎战，伤亡惨重。总参谋长罗佩金见部队伤亡太大，就说：“松公，这样硬拼也不是办法。敌人居高临下，我们在低洼处，地形对我们不利，不如主动后撤，诱敌深入，选择有利地形，聚而歼之。”蔡锷摇摇头说：“我军现在虽然极度困难，敌人又何尝不困难？胜负取决于谁能坚持最后五分钟！我军决不可轻易后撤，以免功亏一篑！”他调集预备队，加强攻势。当地的老百姓痛恨到处奸淫掳掠的北洋军，见护国军反攻，纷纷拿起武器配合作战。有的老百姓被北洋军抓去挑子弹，却冒着生命危险，把子弹送到护国军这边来。

词语百宝箱

功亏一篑

告罄　莽撞

总攻进入第六天了，战斗仍处于胶着状态。朱德对面的红庙高地上，曹锟又增援了一个团的兵力。朱德的这一个支队正承受着 4 倍于自己的敌人的进攻。枪弹、炮弹雨点般落到这边阵地上，陶家瓦房全部被炸塌，变成了一片瓦砾，几乎每时每刻都有人在流血。朱德清点了一下，部队伤亡已近一半了，而又没有增援，最可怕的是弹药也将告罄。朱德正想拉上部队拼杀到红庙高地，但他意识到这是违背蔡锷战术意图的，万万不可莽撞。此时，左右两翼打得也很激烈，因为袁世凯又从湖南、湖北调来几个师旅，他们同样面对着几倍于己的敌人，一时打不开缺口。怎么办呢？朱德决定把左右两翼的敌人吸引过来，以减轻他们的压力。他决定给敌人来狠的，刀子割进敌人肉里去，逼他们狗急跳墙，把主力调动过来。

恰好，当地老百姓前来报告，说红庙高地左侧山腰有敌军新设的一个指挥部，其中有一个坐四人轿的大官。朱德马上派人由老百姓带路前去侦察，探知是敌人增援部队的旅部。他亲自指挥第一营正面佯攻，由第二营偷袭得手，北洋军旅长仓皇逃走，军用品扔了一地。护国军前后夹攻，打得北洋军四下奔窜。雨天路滑，不少敌兵掉进水田里，连滚带爬，狼狈不堪，枪支弹药丢得满山坡都是。朱德一面命士兵捡了补充军中的弹药，一面乘胜追击，占领了红庙高地左侧。蔡锷冒着枪林弹雨来到朱德的前沿阵地。他见朱德就像刚从煤窑里钻出来一样，满身灰土，双眼布满了红血丝，帽子上、衣服上被打穿了好几个弹洞。蔡锷指指这些弹洞，关切地问："没负伤吧？"朱德诙谐地说："将军放心，我是福将，刀枪不入！"话音刚落，一颗炮弹在附近爆炸，朱德眼疾手快，将蔡锷一把按倒在地。爆炸过后，两人一骨碌爬起来，抖抖身上的尘土，相视一笑，朱德还忘不了开玩笑，说："怎么样，我说我是福将吧，炮弹也躲着我！"蔡锷警惕地观察敌阵的动静，说："玉阶，曹锟被你揍狠了，马上要调动主力前来攻打，你一定要顶住，我马上组织左右两翼乘虚进攻！"说完，匆匆走了。夜幕降临了，枪声稀落了下来，红庙高地的敌人，也暂时停止了射击，整个棉花坡死一般寂静。微风里，夹着阵阵恶臭，这是阵地上来不及掩埋的尸体腐烂后发出的，刺激得人直想呕吐。朱德知道，这是大厮杀之前短暂的间歇，双方都在窥测方向，伺机扑向对方。他命令士兵抓紧时间进食、休息，聚积力量，准备战斗。

词语百宝箱

狗急跳墙
狼狈不堪　诙谐
眼疾手快

白天，观察哨从望远镜里发现了小树林里隐蔽有敌人的部队。蔡锷估计，这是敌人准备晚上偷袭而布置下的，他命令先不要惊动对方，待敌人主力行进到红庙高地后，再炮击消灭之。午夜时分，小树林里的敌人刚准备摸出树林偷袭护国军，护国军的炮弹便从天而降，炸得他们人仰马翻。指挥作战的旅长、团长也被炸伤。护国军乘机占领了朝阳观高地。

再说朱德听到左右两侧先是响起了激烈的枪炮声，后又传来喊杀声，他知道，左右翼已打开了缺口，是全线攻击的时候了。他命令山炮、机枪向红庙高地同时开火。曹锟调集的主力，进入到红庙高地，正欲向朱德反扑过来，想不到朱德先下手了。他连忙指挥部队还击，但为时已晚，左右两翼的护国军从背后杀过来，子弹雨点一般扫过来，北洋军成片地倒下了。朱德把手一挥，带领冲锋部队越过水田，冲上红庙高地。

曹锟的数万之众，好像决了堤岸的水全垮了。棉花坡之役，大振了护国军的威风，全国反对袁世凯称帝复辟的烈火熊熊燃烧。湖南、广西、四川等省纷纷宣布讨袁。袁世凯四面楚歌，不得不宣布取消帝制，不久便气病身亡。

战事余波

棉花坡之战是整个护国战争中最为关键的一战，它的胜利彻底改变了护国战争的局面，使护国战争由此从被动变为主动。

第三章

现代篇

战争是科技的催化剂，科技是战争的动力源。现代战争中，坦克、潜艇、航空母舰、驱逐舰、雷达等高科技武器纷纷亮相，使战争变得更加残酷、血腥、激烈。

凡尔登战役

名｜家｜心｜语

在第一次世界大战中，因为欧洲军事家深受《战役论》影响，制作了绞肉机凡尔登战役这么以毁灭性为主的战役。

——（英）李德·哈特

1915年，德军在第一次世界大战中的东线战场对俄国的战斗中取得了较大进展，打败了俄军。但俄国幅员辽阔，气候寒冷，德军中的高层人物害怕德军重蹈当年拿破仑兵败莫斯科之覆辙，不敢贸然向俄国境内大举进兵，于是，便把进攻重点放到了西线。德军决策人物认为，只要在西线打败英法联军，俄国必败无疑。

第一次世界大战进行到1916年时，德军为了扭转西线的相持局面，决定选择凡尔登为突破口，发动一场大规模的攻势，打开通向巴黎的西北门户，进而抹掉兵败马恩河所留下的阴影。

1916年1月，德军开始着手进攻凡尔登，并将这次行动的代号命名为“处决地”。“处决地”行动计划原定于1916年2月21日开始实施，但因为严寒袭击凡尔登地区，行动推迟了9天。

1916年2月12日早晨7点15分，德军在不到10公里长的战线上向法军阵地发动了猛烈炮击。德军的炮群以每小时10万发的速度，把炮弹倾泻到法军阵地上。炮击从早上7点15分一直持续到下午4点45分。德军向凡尔登附近的一个狭窄的三角地点共倾泻了200多万发炮弹，导致法军前沿阵地的战壕全部被摧毁。德军对凡尔登的轰击是史无前例的，炮弹爆炸的巨大声响在百里之外都能听到。在空前猛烈的炮击中，法军某团的2000名士兵有1800人被炸死。与此同时，为了配合凡尔登地区的攻击行动，德军还派出飞艇，深入法国境内，对铁路交通进行破坏性轰炸。

2月23日夜，德军火炮猛烈轰击法军阵地，摧毁法军的战壕、碉堡。德军的进攻占有明显的优势，火炮是法军的7倍，兵力是法军的3倍。法军顽强抵抗，德军只向前推进了不足4公里、俘虏法军2000多人。

2月24日，法军阵地防线已被密集的炮火炸得支离破碎。法军总司令霞飞意识到事态的严重，下令不惜一切代价守住阵地。法军官兵顶住德军疯狂的攻势，德军在当天只向前推进了五六公里。尽管如此，法军的第二道防线还是被德军突破。

2月25日，德军占领了凡尔登要塞的都蒙炮台。都蒙炮台的战略地位十分重要，是凡尔登要塞的核心。都蒙炮台失守后，法军阵地被切成了几段。根据德国人的估计，占领这座炮台后，法军将会损失10万人。

都蒙炮台失守后，凡尔登防御体系告急。在这种情况下，法国政府采取紧急措施，一方面向凡尔登地区大举增援，另一方面任命亨利·菲利普·贝当出任凡尔登地区法军司令官，负责指挥战斗。贝当到达前线后，给守军划定了一条督战线，命令士兵无论如何也要顶住德军，绝对不许退过这条线。

德军的猛烈炮火几乎切断了所有通向凡尔登的主要

词语百宝箱

支离破碎

代价　告急

公路和铁路，只剩下一条6米多宽、通向凡尔登西南约56公里的巴勒杜克城的次要公路和沿这条公路走向的一条单向窄轨铁路。贝当发挥惊人的组织能力和才干，沿这条路线组织了数千名士兵和民工，就地开山采石，抢修公路，加宽路面。同时他还组织了一支9000人的运输队，调集了3900辆汽车。从2月27日开始，增援源源不断运到前线，仅在一星期之内，就将19万援兵、2.5万吨军火物资运抵前线。

凡尔登法军得到增援后士气振奋，但德军也执意要攻下凡尔登。双方反复冲杀，形成了残酷的拉锯战，伤亡都很惨重。到了2月28日，法军开始恢复元气，炮火已能阻止德军的攻势。德军进攻的第一次高潮平息下来。德军在第一次进攻的高潮中，虽然有一定进展，但距法尔根汉的要求相差甚远。法尔根汉以炮火轰击、步兵突击占领的计划彻底落空，德军每前进一步都要付出流血的代价。同时，法军设在马斯河西岸的炮兵阵地从侧面打击德军，给德军侧翼造成了压力。

为了缓解凡尔登要塞的压力，确保要塞不失，3月1日法国当局除了大举增援外，还向盟国求援。英国虽然没有在自己的战线上发动大规模牵制性进攻，但接替了法军一道防线，使法军第10集团军得以开赴凡尔登，增强了凡尔登守军的实力。3月中旬，俄军也向德军发起进攻，牵制了德军实力。

3月6日，德军第5集团军掀起了以攻击马斯河西岸为重点的进攻高潮，目的是解除河西岸法军阵地对德军的威胁。双方在争夺一处叫“死人”高地的战斗中，都付出了重大的伤亡。德军奋力拼杀了两天多，到了3月8日只向前推进了8公里。

4月初，德军攻势仍不见减弱，法军的抵抗也使德军一筹莫展。双方展开炮击战，数以千计的士兵还

词语百宝箱

源源不断　执意
高潮　一筹莫展

没有看到敌人的影子就已粉身碎骨了。4月份时，双方伤亡人数达到了16万。德军付出巨大伤亡的代价后，占领“死人”高地，但又要应对“304”高地的法军炮火，德军只得把更多的兵力投入战斗。

在激战的3—4月份中，凡尔登战场上发生了一桩影响整个战局的事件。战斗中，法军一个炮兵无意中发射了一发偏弹，这发偏弹击中了在斯潘库尔森林中的德军火药库，里面藏有45万发大口径炮弹，从而引发了第一次世界大战中最大的一次爆炸。这次大爆炸使德军在4月份的战斗中炮弹奇缺，许多大口径火炮变成了“哑巴”。后来人们分析凡尔登战役时认为，这次爆炸对整个战役有着极为深刻的影响，从根本上确定了德军的败局。

5月1日，贝当晋升为方面军总司令，接替他指挥战斗的是炮兵军官乔治·尼维尔将军。尼维尔继任指挥官后，号召士兵坚决抵抗德军的进攻，因此德军始终未能攻克凡尔登。整个5月的战争成为无休止的消耗战。

6月7日，德军发动了第三次、也是凡尔登战役中最后一次进攻高潮，作为这次进攻高潮的直接战果，德军占领了马斯河东岸的伏奥炮台。坚守伏奥炮台的600名法军顽强抵抗着德军的进攻，在断水断粮的情况下坚持战斗。最后，法军被迫放弃了炮台。

与此同时，俄国军队在东线发起进攻，消耗了德军大批后备力量，也减轻了法军的压力。夺取伏奥炮台后的德军急于扩大战果，继续在马斯河东岸进攻。6月21日，德军为了消灭法军在凡尔登的炮兵，使用了毒性极强的光气窒息弹。德军的毒气给法国造成了很大伤亡，并借机向前推进，接近凡尔登附近的炮台。但是尼维尔指挥法军顽强坚守阵地，拼死抵抗，打退了一次又一次德军的进攻。在德军第三次进攻期间，英军于7月1日

词语百宝箱

粉身碎骨
奇缺

发动了索姆河攻势，牵制了德军，法尔根汉不得不抽调大批军队、物资增援索姆河。这样，进攻凡尔登的德军无法得到增援，从索姆河战役开始，德军第三次进攻高潮停止，凡尔登的压力减轻，战局向有利于法军的方面发展。

8月底，德国皇帝威廉二世已清楚了凡尔登战役的最后结局，为了不使德军“流尽鲜血”，撤销了法尔根汉的参谋总长职务，由兴登堡继续任参谋总长，鲁登道夫为其副手。但此时败局已定，任何人也无回天之力了。

10月24日，尼维尔组织法军出动17万兵力、700多门火炮和150架飞机对德军发起大规模反击，夺回了德军费尽力气占领的伏奥炮台。此后，法军变被动为主动，不断进攻，德军步步后退。12月15日，法军再次发动大规模反击，加之索姆河战役的激烈进行，德军腹背受敌，不得不从凡尔登地区撤出。德军发动的凡尔登战役以彻底失败而告终。

战事余波

凡尔登战役，是第一次世界大战开战以来最激烈、最残酷的一次大战役，它代表了德军攻势的最高峰。德军想通过这次战役打败法国的企图彻底破灭，从此以后再也无力组织发动大规模的进攻战。

依普尔运河战役

名|家|心|语

毒气是个可怕东西，没有人相信防毒面具的功效。

——（英）罗伯特·格雷夫斯

1915 年春，德国正集中兵力在东部与俄国作战之际，西线的英法军队也不敢懈怠，他们在依普尔运河一带构筑工事，随时准备进行阵地战。

法国军队的几个战士合力抬着一块大石头，向防御工事的空缺处堆放。不料脚下的青草一滑，石头便脱手滚下运河河岸，几个战士也随之滚下去。

只听得“轰隆隆”一阵响，石头与战士相继落入水中。在不远处修筑工事的一群英国士兵见了，忙丢下手中的铁锹、镐头，奔跑过来救人。哪知那几个法军战士由于手脚麻利，并未被石头砸伤，也没有被河水淹没，纷纷从水中浮出，爬上岸来，弄得一身水淋淋的。英兵与法兵哈哈大笑，坐在暖洋洋的太阳下吸烟。

词语百宝箱

麻利　水淋淋

暖洋洋

此时，一个法军连长缓步而来，右手提着长刀，口中斜叼雪茄。英军士兵有点儿畏惧，正想离开，法军士兵拉住他们说：“不妨事，这是我们的‘大哥连长’，对人很好的。”

说话之间连长已到，他笑着说：“好好，大家是一家，刚才的事我看到了。战争嘛，友军之间自然该互相救助。大家修筑工事也辛苦了，我请大家抽雪茄。”于是掏出一包雪茄来，分给大家抽。

一个三十来岁的长脸法军兵士笑着问道：“好‘大哥’，这仗是不是快打完了？”

“大哥连长”说：“谁知道。反正去年马恩河一战把德国人打伤了元气，至今大约还没有缓过来哪。”

一位大块头英军士兵说：“唉，打仗打仗，不知要打多少仗！”“大哥连长”一笑，说：“不打仗要我们军人干什么？”一位尖下巴法军战士说：“‘大哥连长’，我们本来只是老百姓。你看，我家有一个老祖母，还有一个生病的母亲和一个瘸腿的妹妹，父亲在我出征前一个月才去世。我撂下了这个家，心中实在不是滋味。”说着眼中噙着泪花。

“大哥连长”安慰他说：“像你这样的人多着呢！伤心也没有用，只有用心打仗，打败敌人，才能早点儿回家呀。”“大哥连长”接着说：“很好。大家还要把工事加固，德国人的飞机和大炮都不是好对付的呀！”“大哥连长”提着刀离去，战士们又各自去修筑工事。

不几天，驻守依普尔运河的英法联军发现十几架飞机从东北方向飞来，飞机越来越近，上面的德国徽记图饰分明可见。于是阵地上一声声军号递相传送，几万名兵士都跳出掩体，把枪瞄向空中。转眼之间，机群飞近依普尔运河，顿时枪声大作。但飞机一掠而过，既未投弹，也未扫射，绕了一个弧形，又飞远了。

这天傍晚，英法两军都下达了准备战斗的命令，命令中说，德国人之前是用飞机来侦察的，下一步就是发动进攻了。

英国与法国士兵们都不敢怠慢，人人饱食抱枪而息，哨所的警卫也加入了值夜巡逻。

且说德国军队自马恩河战役被击败后，退守安讷河一带。接替毛奇担任德军参谋总长的法尔根汉决心要报上年大败之仇，便定下毒计，准备大开杀戒，首次使用毒气。他先派飞机去侦察了英法联军阵地，知道英法联军阵地拉得很长，且崎岖不平，掩体、碉堡参差错落，不利于使用毒气，便设法要把敌军引到平旷之地，而后截断退路，以利施毒，或者将敌军引入山谷，前后封堵，以便用毒。他把地图看了又看，终于选定了一处地方，只等东北风微微吹起，就可实施自己的计划了。

不料此时潜于德军高级领导机构的法国间谍获悉了法尔根汉的计谋，立即发电报给法军总司令霞飞，让他提防。霞飞一面下令各军从速备制防毒面具，一面指示若遇敌军放毒气，应赶忙撤到上风处或高处去。但是仓促之间却没有办法制办大批防毒面具，所以，只是每人加发了一条毛巾。

4 月 21 日深夜，天空浮起漠漠阴云，东北风微微吹起，德军各部接到电令：立即起身，饱食，戴好防毒面具，准备在黎明时发起进攻。

词语百宝箱

崎岖不平

参差错落　提防

坚牢

天刚蒙蒙亮，德军先以 16 英寸口径的榴弹炮向英法联军阵地轰炸，火龙飞空，爆炸之声惊天动地，但因工事修筑坚牢，士兵们又未出战壕，所以未造成什么伤亡，只炸伤了几个守夜的兵卒。

英法联军也以大炮还击，但由于不太清楚目标，也只是乱轰炸一气。双方对轰了约 40 分钟，炮火沉寂下来。

英法联军的战士们趁此间隙，稍事休息。有不少战士还走到工事外面去呼吸几口新鲜空气，以为德军不过是神经战而已。

忽然间，黑压压的 100 多辆德国军车载着士兵向英法阵地开来，枪声如同骤雨般密集。英法军队便立即用炮火还击，两军相距仅约几百米。但由于英法军是躲在工事内，而德军军车全部有防弹钢板拦护，因此，双方尽管猛烈地施放火器，伤亡却极少。

打了一阵儿，德军向后撤退。很明显，德军虽有 100 多辆军车，其实只有两三千人。英法军跃出战壕，在冲锋号声中追击德军。

追击德军的英法联军有几万人，杀声震撼大地，人潮如澎湃的海浪。中间一路有一万多人，左右两翼也各有万人。追到一处空旷之地时，只见有十几座军营，营前插着几十面德国旗，那些旗帜在东北风中猎猎飘动。英法联军大为高兴，以为这次又能围歼德军的某个将领了，便一面连连放枪，一面呼啸着向有德国旗的地方扑去。

词语百宝箱

沉寂　间隙
震撼　澎湃
身先士卒

“大哥连长”也在中路军中，他身先士卒，呐喊冲锋，他的战士们如猛虎出山，旋风似的向前冲去。“大哥连长”上去一刀，就砍倒了一面德国旗，哈哈大笑道：“德意志的脑袋落地了。”英法联军冲到插有德国旗的军营里，发现座座军营皆空无一人，知是中计，便想后退。忽然间德军大炮齐鸣，截断英法联军的退路，前方逃跑的德军也掉过头来射击英法联军。几万英法联军只好在这片平旷的地面上寻找小丘或树丛做隐蔽。

突然间，上空传来螺旋桨的轰鸣，英法联军抬头望去，只见从东南方飞来几十架飞机，这几十架飞机都飞得不高，英法战士们便举枪射击。此时，只见那些飞机上纷纷投下一枚枚炸弹，坠落在地上并没有多大的爆炸声，但随着不大的爆炸声，却顿时腾起团团浓烟。

浓烟迅速弥漫开来，法军“大哥连长”蓦地省悟到这是敌人在放毒气，立即大喊“系上毛巾”，自己也把毛巾系上。其余各支英法联军的长官此时也都有所省悟了，让战士们赶快系上毛巾。但有的战士却不以为然，因为他们从未经历过毒气战，不知毒瓦斯的厉害。顿时，英法联军阵地上那些靠近毒气弹爆裂处的战士纷纷倒下，他们头晕目眩，口角流血，四肢抽搐。

词语百宝箱

弥漫　蓦地
头晕目眩
抽搐　扭曲
蜷缩

紧接着又有三批德国飞机飞来，各有几十架，在英法联军阵地上投下数不尽的毒气弹。英法联军顿时大乱，将顾不得兵，兵顾不得将。

几批飞机过后，德军又从位于西北面的高地上不断射出毒气炮弹，毒气炮弹如雨点一般在英法联军中炸开了花。

东北风微微吹着，大量毒气在空地上弥漫开来，乱草中的野兔被毒死了，连毒蛇也被毒得扭曲着身子而死去。

中毒而死的英法联军官兵们，在依普尔运河畔的草丛中、树根下，在依普尔河静静的河畔，痛苦万状地躺着、趴着、蜷缩着、侧卧着，令人惨不忍睹。这些无辜而亡的将士，不几天就渐渐腐烂在暖烘烘的阳光中、轻轻吹拂的晚风里。

后来，这一带老百姓中流传着这样一支悲凉的民歌：

4 月 22 日实可伤，

毒死我千万好儿郎。

白骨萦草为哪般?

依普尔运河血泪淌。

战事余波

依普尔运河战役，是第一次世界大战期间西线最后一次大规模战役。德军在这场战役中第一次使用毒气，使英法联军 1 万多人中毒，其中 5000 余人死亡。

平型关大捷

名｜家｜心｜语

与日军的第一场战斗结束了，这是场胜仗，也是一场恶仗。

—— 杨成武

1937 年 7 月 7 日夜间，日本侵略军在北平西南的卢沟桥附近，以军事演习为名，突然向中国当地 29 军发动进攻。中国军队在全国人民抗日热潮的推动下，奋起抗击。

1937 年 8 月 13 日，日寇为了实现其 3 个月内灭亡中国的罪恶目的，纠集总兵力约 30 万人，加紧进攻上海。与此同时，日寇在侵占我北平、天津和几乎整个华北地区后，又调集 4 个精锐的师团及两个混成旅团，分兵数路直逼山西太原。

中华民族到了危急的关头！

根据国共两党达成的协议，西北主力红军改名为国民革命军第八路军，不久又改称第 18 集团军。八路军抗日健儿在毛泽东主席亲自指挥下，从陕甘宁抗日根据地出发，东渡黄河，开赴抗日战争最前线，领导人民群众开始了艰苦卓绝的战斗。

1937 年 9 月下旬，八路军 115 师在师长林彪、副师长聂荣臻的率领下，到达山西省忻口东北的繁峙、灵丘一带。毛主席领导的队伍开赴前线的消息传来，当地老百姓无不欢欣鼓舞。部队到达的当天就有不少青年踊跃报名参军打鬼子。一些从北平、天津等地流亡来的知识分子和青年学生，也辗转前来投奔八路军。

这时候，日军的几个师团正向太原进逼。为了保卫太原，国民政府军事委员会也急调了 10 多万部队，由卫立煌将军为前敌总指挥，在太原城周围布防。

八路军 115 师指挥部里，电话铃声不断，师首长们围在军用地图旁，正在研究作战方案。聂荣臻副师长用铅笔指着地图说："根据可靠情报，华北的国民党军队不战而逃，如潮水一样向山西溃退。日军第 5 师团第 21 旅团，将于 25 日经过平型关向南进犯……"林彪用红色铅笔在平型关画了个圆弧："平型关是内长城线上一个重要关口，也是太原北面的重要屏障。你们看，关内有一条长约 13 公里的地段，沟深道窄，甚为险要，两侧的高地便于我军隐蔽……"聂荣臻紧握拳头说："对，这里是伏击歼敌的理想战场！日军骄横不可一世，疏于戒备，我们出其不意狠揍它一顿，让它尝尝八路军的厉害！"

9 月 24 日夜间，我 115 师将士们按照师首长的命令，冒着滂沱大雨进入了埋伏阵地。晋北的秋夜，风狂雨骤，寒气袭人，将士们的军衣湿透了，却用身子护着武器不让它受淋。"九·一八"事变以来，日寇在中华大地上横冲直撞，烧杀淫掠，无恶不作，全体指战员的心头，早已燃烧着复仇的炽热火焰。

25 日拂晓，雨住风停，山谷那头传来轰隆隆的马达声。我军指挥员举起望远镜，只见运载日军的长长车队，

词语百宝箱

流亡　屏障
险要　戒备

像一条毒蛇一样爬了过来。雨后的山间公路，泥泞难行，挑着膏药旗的车队走走停停。卡车上的鬼子睡眼惺忪，抱着枪，耷拉着脑袋，东倒西歪的。渐渐地，“毒蛇”的尾巴开进了山谷。

这时，三颗红色信号弹升向天空。“打！”指挥员一声令下，埋伏在山头上的八路军立刻从山谷两侧全线开火。子弹、手榴弹雨点般地向日军车队飞去。许多敌人还没有从梦中醒来，就在手榴弹的爆炸声中上了西天。敌人被这突如其来的袭击打蒙了，八路军战士像猛虎一样从山上冲入敌群，把长蛇般的车队切成几段，斩头断尾，拦腰猛揍！

这股日军毕竟是用法西斯武士道精神训练出来的精锐部队，特别凶残，他们哇哇叫着，疯狂反扑。我八路军健儿与敌人展开了白刃格斗，枪声、杀声和刺刀、军刀的碰撞声响彻山谷，地动山摇！这是血与血的搏斗，这是肉与肉的拼杀，这是中华儿女与日本法西斯进行的一场殊死较量！

敌人伤亡虽然惨重，但仍然利用车辆辎重做掩护，负隅顽抗。一部分敌人企图抢占公路两侧高地，掩护突围。我第686团2营随即以迅雷不及掩耳之势，占领了老爷庙及其以北高地。日军疯狂向老爷庙高地进攻，将士们打退了敌人一次又一次的进攻，守住了高地，与公路东侧的我军构成对敌夹击之势，继而将敌人围困于一段峡谷之中。

骄横跋扈的日军师团长坂垣征四郎自踏上中国国土以来，哪见过中国人这样猛烈的攻势！为了解救平型关之危，他急令在蔚县、涞源的日军向平型关增援。敌人这一招早为我115师首长所料到，增援之敌刚到达灵丘以北和以东地区，就遭到我独立团、骑兵营的狙击，死伤300余人。我686团遂集中全力，将被困在小寨村至老爷

词语百宝箱

惺忪　耷拉　东倒西歪
突如其来　地动山摇
辎重

庙的敌人全部歼灭，然后迅速转移。前来增援的日军见此情形，顾不得为他们的同伙收尸，吓得匆忙撤退。经过 6 个多小时的激战，号称日军精锐之师的第 5 师团 21 旅团 3000 多人被我八路军全部歼灭。我军还击毁敌人汽车 100 余辆，缴获了大量武器和军用品。

战事余波

平型关大捷，是八路军首次集中较大兵力对日本侵略军进行的一次成功的伏击战，也是全国抗战以来的第一次大捷，打破了日军侵略者所谓的“3 个月内灭亡中国，皇军不可战胜”的神话。

台儿庄战役

名|家|心|语

这次战役，虽然在一个地方，但它的意义却在影响战斗全局、影响全国、影响敌人、影响世界！

——周恩来

1937年11月12日，侵华日军占领了上海之后，立即兵分三路，直逼国民党政府的首都南京。国民党惊慌失措，仓促迁都武汉。日军兵临南京城下，猛烈进攻，仅仅6天时间就占领了南京。入城的日本官兵惨无人道地大肆烧杀淫掠，30余万中国同胞命丧日寇的屠刀之下！至此，北平、天津、太原、石家庄、济南等中心城市，以及连接这些城市的交通线已落入敌手。当时的政治、经济、文化中心沪、宁、杭也全部沦陷。被“辉煌胜利”冲昏头脑的日本军国主义者得寸进尺，急于尽快打通华北与华东两大占领区，以便“乘胜”进军中国腹地，迫使中华民族这个不屈不挠的巨人低下头来。

> **词语百宝箱**
>
> 惨无人道　沦陷
> 得寸进尺

于是，占领了南京的日军，向津浦铁路猛扑过来，妄图与南下的日军会合，夺取徐州，打通津浦线，把华北和华中两大占领区连成一片。津浦（天津—浦口）铁路是连接华北与华中的主要纽带，而津浦铁路的中心点徐州则是自古兵家必争的战略要地。为此，日军权垣师团在青岛登陆后，于1938年3月中旬，沿胶济铁路西进，直扑临沂。日军妄图攻下临沂后，在台儿庄与津浦线上的矶谷师团会合，然后会攻徐州。

台儿庄位于徐州东北约60公里的地方，它并不是一个普通的村庄，而是一个住有1000多户人家的城镇。津浦铁路支线从台儿庄直穿而过，在这里设有一个小小的火车站。和津浦线上的大中城市相比，台儿庄并不起眼，但在军事专家的眼里，它却是一个非常重要的战略要地。只要夺取台儿庄，徐州便如囊中取物，唾手可得。

此刻，台儿庄上空已是战云密布！

日军矶谷师团在离台儿庄不远的滕县发起进攻。这支日军队伍实力十分雄厚，坦克就有近80辆，还有100多门重炮和山炮，并有飞机在空中配合，气焰非常嚣张。

中国军队第122师师长王铭章不畏强敌，率领将士顽强抗敌，打退了敌人多次进攻，终因敌众我寡，师长王铭章战死沙场，滕县最终落入敌手。日军气势汹汹，由飘扬着膏药旗的一辆辆坦克在前开路，烟尘滚滚，机声隆隆，直向台儿庄扑来！

为了守住台儿庄这个重要据点，坐镇徐州的第5战区司令长官李宗仁，部署第2集团军（总司令孙连仲）5个师的兵力防守。其中，第31师布防在城厢；第30师和第27师分别部署在台儿庄镇外左右两翼，形同两把刺刀指向敌人；第22集团军也在台儿庄外围集结，

词语百宝箱

纽带　囊中取物

唾手可得

担负防守重任。两个集团军计10多万人马，在台儿庄严阵以待，迎击日军。

两军对垒，大战迫在眉睫！

3月22日，著名的台儿庄战役打响了。

在中国大地上，取得节节“胜利”的日军矶谷师团，自恃有优势装备和经过武士道精神严格训练的部队，根本就没有把中国军队放在眼里。敌师团长矶谷在临战前狂妄地叫嚷：“北平、上海、南京等重要城市都轻而易举地被大日本皇军攻克了，拿下这小小的台儿庄岂不像踩死只蚂蚁一样容易。这里的中国军队虽有10万之众，但他们一无飞机，二无坦克，枪支都是些老掉牙的旧货，有的部队甚至还背着大刀片子哩，这样的部队岂是我们的对手？”

为了显示一下“大日本皇军”的军威，涂着膏药旗的敌机在中国阵地上狂轰滥炸，同时，敌人的大炮、坦克也一齐向中国军队猛烈轰击。

“轰！轰——”台儿庄上空，硝烟弥漫，烈火熊熊，房屋、树木都被炸得飞向半空。仅第2集团军阵地，每天就有近万发炮弹落下，炸得天昏地暗，尘土飞扬。我军外围阵地工事几乎全部被摧毁，将士伤亡惨重，情况十分危急！

词语百宝箱

迫在眉睫　轻而易举
老掉牙

这时候，日军已增兵到4万人，依仗优势的装备和强大的火力，气焰更加嚣张。大批日军步兵在上百辆坦克的掩护下，疯狂地向我军阵地发起冲锋。

面对强敌，我守城将士毫不畏惧，沉着应战。他们抱定“人在阵地在”的信念，誓死抵抗。

“轰隆隆——轰隆隆——”，飘着膏药旗的敌人坦克，有的已经爬到战壕上来了！眼看我军阵地就要被突破，某部三排长急中生智，抱起炸药包扑向坦克履带。只听到“轰”的一响，坦克履带被炸断了。三排长壮烈牺牲了，被复仇的火焰映红双眼的战士们，一个个跃出战壕，用刺刀和鬼子展开了肉搏战，终于打退了敌人的又一次进攻。

中国将士凭借台儿庄一带多石的地形，和日军展开了城寨拉锯战。这里每一道寨墙，就是一座长城；每一所房屋，就是一座堡垒。中国将士冒着猛烈的炮火，用刺刀、大片刀甚至用拳头，和突入阵地的敌人逐屋拼杀，直到流尽最后一滴血。当战地救护人员抢运伤员时，竟看到了这样一幅壮烈的场面：牺牲了的战士，有的紧抱着鬼子的尸体，有的紧咬住鬼子的耳朵……

骄狂的敌人没有想到，他们虽有强大的火力，但每前进一步，都要付出极大的代价！经过三天三夜的激战，敌人直到 3 月 24 日才占领了我部分外围阵地。3 月 27 日，敌人以伤亡近千人的代价，才突击到城区。而等待他们的，却是一场更为残酷、更为激烈的街巷拼杀战。

日军突进城区后，敌我双方隔墙而战，逐屋争夺。短兵相接，敌人害怕伤到自己人，飞机、大炮和坦克都发挥不了作用。而中国军队的大片刀、手榴弹却到处施展威风。街巷院宅，刀剑相撞，杀声不绝。

某团专门成立了一个大刀突击队，哪里危急，他们就冲向哪里。他们挥刀砍向敌人，一刀下去，敌人的头颅立时滚落在地。一个队员倒下了，又一个队员冲上来，刀口劈坏了，就扑上去揪住敌人格斗，直到把敌人活活掐死。

街巷里血流成河，到处都横七竖八地躺着敌我双方官兵的尸体。我军一名排长身负重伤，眼见一群鬼子哇哇叫着冲到了跟前，他便勇敢地拉响了手榴弹，与敌人同归于尽……

这场巷战一直持续了7天7夜。小小的台儿庄，尸骨累累，血流遍地。

中国将士大义凛然，为保卫国土誓死拼杀的壮举，惊天地、泣鬼神。素以武士道精神自傲的日军，在中国将士面前也不寒而栗！每当战斗间隙，他们听到“大刀向鬼子们的头上砍去……”的歌声，更是闻风丧胆。

随着形势的发展，战局已到了对中国军队极为不利的状况，守城部队第31师已伤亡70%的官兵，全城4/5的土地已被日军占领，只有南关阵地还在中国守军手里。眼看阵地越来越小，部队的伤亡越来越大，牺牲的将士们横七竖八地倒在阵地上，师长池峰城悲愤难忍，拿起电话向孙连仲司令请求撤退。

孙连仲大声吼道：“即使剩下一个人也要战斗到底！你要撤就先拿你的头来见我，然后再拿我的头去见战区司令长官！”

孙连仲字字斩钉截铁，司令官的决心更加坚定了部队的斗志。大家虽然早已筋疲力尽，但都抓起铁锹加固阵地，决心为保卫中华国土战斗到生命的最后一刻。

词语百宝箱

同归于尽　大义凛然
不寒而栗　斩钉截铁
筋疲力尽

4月6日夜晚，一直率战士们浴血奋战的池峰城师长，把师部的参谋人员、炊事员、担架员和一些轻伤员都动员起来，各自为战，分组袭击敌人，准备做最后的一拼。

大批日寇在榴弹炮和重机关枪的掩护下又发起了冲锋。

这时候，中国阵地上早已弹尽粮绝。满脸烟尘、浑身是血的池师长伏在战壕里，示意战士们沉住气。一名长着络腮胡子的军官见我方阵地一片死寂，恐内中有诈，挥手指挥日军就地卧倒，试探性地甩出两枚手雷。“轰！轰！”有一枚就在池师长身后爆炸，池师长的勤务兵不幸牺牲了。池师长双眼冒火，但他仍沉住气发令反击。日军见仍无动静，纷纷爬起身来，端着刺刀爬上了堑壕……

“杀！”池师长一跃而起，挥起指挥刀扑向络腮胡子军官，只两个回合，那家伙的半个脑袋就被削掉了。敢死队员们也奋力猛砍，大片刀发挥了作用，只见刀光闪处，日军头颅落地。日军被这突如其来的砍杀吓呆了，踩着同伙的尸体且战且退，我将士乘胜追杀。

这一场恶战一直持续到凌晨。敌人付出几千人伤亡的代价才占领的街巷，又被中国军队奇迹般地夺回大半。经过一夜拼杀，我将士们在血泊中迎来了新的黎明。这时，援助台儿庄的第 20 军团，已向台儿庄以北迫近，对日军形成夹击包围之势。消息传来，中国战士斗志更坚。

伤亡惨重、疲惫不堪的日军，早已失去刚进攻时的威风，听到中国军队援兵已到的消息，如惊弓之鸟，更加惶恐不安。敌军怕后路被切断，慌忙向外突围。城外前来增援的我军早已设下了埋伏，乘机穷追猛打敌人，重创日军。敌矶谷师团残部再也顾不上大日本皇军的面子了，撒开双腿望风而逃，车辆辎重和“武运长久”的膏药旗丢了一地。

经过半个月的血战，中国将士共击溃敌人的精锐部队 1.1 万多人，缴获步枪 1000 余支，轻重机枪 931 挺，步兵炮 77 门，战车 40 多辆，野炮 50 余门。

战事余波

台儿庄大捷是抗战以来国民党军队正面战场上的一次最大的胜利，这次胜利给了国民党内的主降派一记响亮的耳光，也给一些对抗战持观望态度的人上了一堂生动的教育课。全国军心、民心为之一振。

不列颠之战

名|家|心|语

在人类战争历史上，从来没有这么多人从这么少的人那里得到这么多！

——（英）丘吉尔

德军攻陷法国以后，英国首相丘吉尔十分清楚，失去了法国的屏障，英国处境将十分危险。但丘吉尔也明白，现在能够牵制德国的只有英国了，因此他明确表示：拒绝和谈。

为了消除进攻苏联的后顾之忧，希特勒希望在一个月内打败英国。为了取得对英国的制空权，希特勒派戈林领导德国空军实施谋划已久的“鹰目计划”。英德双方剑拔弩张，一方是所向披靡的德国，一方是处于飘摇之中仍誓死不屈的英国，强硬的两军对垒，拉开了第二次世界大战中最大规模的空战序幕。

在作战初期，德军没有占到便宜，戈林连忙转移攻击目标，集中轰炸英国南部各雷达站和机场，接连一个多星期的密集轰炸使英国空军饱受重创。到24日，德军加大打击力度，英国空军已经疲惫不堪。为干扰对方，双方的军队还分别对伦敦和柏林进行了小规模的

词语百宝箱

后顾之忧　剑拔弩张
所向披靡　誓死不屈

轰炸，平民们受伤惨重，这使两国矛盾日益激增。愤怒的希特勒于9月4日下令转移作战目标，猛烈轰炸伦敦，这给了英国空军很好的喘息机会。

准备把伦敦“夷为平地”的德国军队于9月7日大规模空袭伦敦，仅仅两天的空袭就使伦敦的主要街道化为灰烬，死亡人数激增，几乎所有的重要工业设施都陷入瘫痪，整个伦敦呈现一片凄惨之象。贪婪的希特勒准备在15日再次大规模空袭伦敦，在他看来英国已经无力回天，转攻苏联指日可待。关键时刻，丘吉尔清醒地意识到，德国这样大规模空袭英国，兵力必然会消耗严重，而英国空军经过调整已经再次积蓄了力量，英勇不屈的英国军民一定能把侵略者赶出家园。同时，英军的情报机关再次获得了德国进攻的详细计划，英军如虎添翼，就等德军的再次进犯。

9月15日，伦敦大雾弥漫，德军飞机还没有进入伦敦上空，就遭受了英军前所未有的密集阻击和轰炸，英军对每一架德机的确切位置、数量和机型都了如指掌。这样的迎头一击令德军猝不及防，仿佛落入早就设好的圈套，他们突围困难，损失惨重。面对慌不择路的德机，斗志高涨的英军一路追剿，成功保卫了伦敦。与此同时，英国空军还对集结在边境的德军地面部队进行了大规模的轰炸。希特勒攻占英国的“海狮计划”成为泡影。

词语百宝箱

瘫痪　凄惨　无力回天
指日可待　如虎添翼
了如指掌

战事余波

不列颠之战开启了德国在第二次世界大战中失败的序幕，大大坚定了世界人民战胜法西斯的信心，也预示了法西斯必然走向失败的命运。

希腊战役

名|家|心|语

假使意大利人没有进攻希腊并需要我们的帮助，战争的进程将大有不同，我们可以在俄罗斯严冬到来之前攻占列宁格勒和莫斯科，更没有之后的斯大林格勒战役。

——（德）希特勒

1940 年 10 月，意大利法西斯在入侵北非的同时，又发动了对希腊的进攻。墨索里尼的如意算盘是双管齐下，既拿下埃及，又征服希腊。这样，他不仅可以称霸非洲，还可以成为地中海的统治者，岂不美哉！然而，这场“胜利进攻”在希腊军和英军的联合反击下竟一败涂地。在一周之内，意军死伤两万多人，被俘 5000 人，另外有几艘战舰和巡洋舰被击沉，英军的轰炸使敌人的造船厂也遭到严重破坏，墨索里尼的战舰至少有一半在 6 个月内不能恢复战斗力。

对此，希特勒十分焦急，认为进攻希腊是个“令人遗憾的错误”，并危及了德国在巴尔干的地位。为了扭转局面，他命令陆军立即制订计划，准备进行武装干预。德国的武装力量远比意大利强大，

词语百宝箱

如意算盘　双管齐下
一败涂地

他们派出由15个师组成的李斯特第12兵团，其中有4个装甲师。希腊军队在德军的强大攻势面前抵抗不住了，4月23日向德军投降。英国从利比亚抽调4个师约5.3万人赶来救援，也被打得一塌糊涂，只好从海路撤军。纳粹的坦克隆隆地开进雅典城， 城里挂起了“卍”字旗。意大利军也趁机卷土重来。

在爱琴海上希腊最大的岛屿克里特岛，战斗仍在激烈地进行着。海、陆、空战同时进行，上演了希腊战争史上最壮烈、最残酷的一幕。由于克里特岛的战略位置极其重要，英国丘吉尔首相表示要不惜一切代价守住这个地中海的门户。这里是希腊国王和政府的最后立足之地，德、意法西斯决心要拔除这根卡在喉咙中的骨刺。1942年4月28日，英国情报机关获悉，德、意联军将从海上和空中对克里特岛大举进攻，可能会凑集上千架飞机掩护空降部队登陆。丘吉尔建议英国总参谋部任命英勇善战的弗赖伯格将军为克里特岛驻军司令。弗赖伯格将军是第一次世界大战中从一名普通志愿兵提拔上来的，身上有30多处伤疤，曾获英王颁发的维多利亚十字勋章和带有两条金线的特殊勋带，在英军将领中是出类拔萃的。但是，克里特岛的防御力量非常薄弱，兵员总数不足3万人，主要用于守卫登陆地点，武器装备也比较落后，英国皇家空军在该岛的飞机总共只有36架，有一半几乎是没有战斗力的，这和敌人行将投入的空军力量无法相比。而且，运输线被切断了，增援部队和武器无法运到岛上，形势十分严峻。

弗赖伯格将军当时还不太相信敌人能投入那么大的力量，他信心十足，毫不畏怯。在他的影响下，克里特岛上人心稳定，准备给德、意法西斯以迎头痛击。

词语百宝箱

一塌糊涂　立足之地
出类拔萃

战斗于5月20日早晨开始。在德国历来发动的进攻中，从来没有过这样疯狂、不顾一切的战斗。进攻开始前一个小时，德军用重型轰炸机对该岛的地面防空设施进行了狂轰滥炸，每颗炸弹重达1000磅。其猛烈程度无可比拟，几乎在一刹那间，英联邦军队的大部分对空炮火都失去了作用。紧接着，大批伞兵像毒菌一样自空而降，英联邦军队开始了顽强的反击。德军空降兵都是希特勒法西斯青年运动的狂热追随者，他们有一股凶狠的拼命劲儿，在马利姆和干尼亚之间降落的5000多伞兵，尽管大部分被击毙了，但毕竟有一小部分侥幸安全着陆，到晚上，他们已经一群群自由出没在这一地区了。他们要攻占的第一目标是马利姆机场，只有这样，德军才能将大批部队运到岛上。

次日战斗继续，马利姆机场虽处于英国军队的密集炮火之下，但德军运兵飞机却强行在机场及东面高低不平的地面着陆，至少有100架飞机撞毁或被击中爆炸。尽管如此，德军运兵机仍不顾一切地向这里飞来，每小时达20余架次。德军最高统帅部是横下一条心了，决心不惜任何代价夺取克里特岛的控制权。到5月22日，德军已经能有效地控制住这个飞机场了。

21日，英军部署在克里特岛西边的一支舰队也受到猛烈的空袭，一艘驱逐舰被炸沉，两艘巡洋舰被创，但仍继续战斗。夜间，舰队在干尼亚以北截住德国运兵船队，激战两个半小时，击沉敌船15艘，淹死德军4000多人。

5月22日和23日是英国海军损失惨重的日子，有2艘巡洋舰、3艘驱逐舰被击沉，还有许多船只受损，但直到该岛战役结束之前，没有一个德国士兵能从海上登陆。

丘吉尔首相致电英国中东总司令韦维尔将军，希望他尽最大力量增援克里特岛，这一仗一定要打赢，至少可以把敌人的主要攻击力量牵制在这里。他告诉弗赖伯格将军：“全世界正注视着你们进行的辉煌战斗，大局将因此而扭转。”

但是，到26日深夜，韦维尔将军收到弗赖伯格发来的电报：守岛的部队已经无力承受敌人的强大攻势，这样硬打下去，必然全军覆没。撤出所剩的两万多士兵也极其困难，他要求总司令部立刻做出决定。

丘吉尔看到电报后，5月27日致电弗赖伯格将军，要求他再接再厉，显然不主张撤退。当夜，首相又收到韦维尔要求撤出克里特岛的电报，电文说：“恐怕该岛的局势已经到了最严重的关头，干尼亚前线已经崩溃，苏达湾看来最多能坚守24小时。该岛已无法投入援军！我们必须承认，克里特岛不能再守下去，部队必须尽快撤出。”丘吉尔无可奈何，只好决定撤退。

现在岛上守军还有两万多人，要使这么多军人通过敌军海上和空中的严格封锁是十分危险的。弗赖伯格留下一部分后卫部队坚持战斗，其他人则分批于夜间乘四艘驱逐舰转移，每次只能撤出700人，而且还要经过在敌军控制下的350海里的海域，才能抵达安全地带，其速度之缓慢是可想而知的。而敌机和敌舰则一刻不停地袭击轰炸，英军在整个撤退过程中，至少有六七艘巡洋舰或驱逐舰被击中或打沉，死亡士兵500多人。到5月29日止，运出的军队只将近5000人而已，还有大批士兵躲在通往斯法基亚所有的路口上等待救援。5月30日，丘吉尔下令：要不惜一切代价，为营救残留该岛的官兵做最后努力。这天清晨，阿利斯海军上校率4艘驱逐舰再次驶往斯法基亚。途中有2艘舰因受伤不得不折返，另外2艘舰继续前进，成功地使1500多名士兵登上了舰船。返回途中，这2艘舰却差点儿被炸沉，但终究还是安全地驶抵亚历山大港。到6月1日，共有1.75万人被运送到埃及；没有救出的5000人，除少数向敌人投降外，大部分被德国法西斯残酷地杀害了。

弗赖伯格将军是根据开罗总司令部的命令，在最后乘飞机离开克里特岛的。希腊国王和英国公使则在几天前就已经离开该岛。

战事余波

希特勒虽然占领了希腊，但代价太大，损失惨重，使得他的有生力量元气大伤，他不得不暂停进攻行动，向英国做出某种和解姿态，以养精蓄锐。戈林所鼓吹的“英雄空降师”也彻底失败了，以后再也没有以任何形式出现过。

偷袭珍珠港

名|家|心|语

我要求国会宣布：自1941年12月7日星期日，日本发动无端的、卑鄙的进攻时起，美国和日本帝国之间已处于战争状态。

——（美）罗斯福

1941年6月苏德战争爆发后，日本帝国主义认为时机已到，加紧扩大侵略战争，企图建立囊括亚太地区的所谓“大东亚共荣圈”，称霸太平洋地区。为此，日本帝国主义确定了南进的方针，目标是占领印度支那和南洋诸国，这就不可避免地要和美国发生直接冲突。

珍珠港位于太平洋中部夏威夷群岛的瓦胡岛南端，东距美国西海岸2090海里，西距日本3200海里，地处战略要冲，有“太平洋心脏”之称。港区水面23平方公里，可以同时停泊各型舰艇500艘，是美国在太平洋上最大的海军基地。日本一直把它视为“对准日本咽喉的一把匕首”，把以此为基地的美国太平洋舰队看作日本南进的最大障碍。

早在1940年下半年，日本海军就在制订发动太平洋战争的计划。联合舰队司令长官山本五十六认为，日美两国实力悬殊，军备生产能力差距甚大，美国的造舰能力是日本的5—6倍，飞机制造能力是日本的10倍。日本只有采取速战速决的军事战略才能制胜美国。山本估计，如果日本占领南洋地区，美国太平洋舰队定会从珍珠港出击，日本本土将首先受到威胁。因此，他主张先发制人，首先突袭珍珠港，打垮美国太平洋舰队，夺取西南太平洋的制海权，此后日本便可放心大胆地南进，待美国恢复元气时，日军已在南洋地区站稳了脚跟。

1941 年 9 月，日本海军在海军大学举行了一次大规模的图上作战演习，以偷袭珍珠港为主要内容，由山本和担任偷袭的特遣舰队司令官南云忠一共同指挥。通过“图演”，日本海军制定了最佳作战方案。

词语百宝箱

人迹罕至　攻其不备
抛头露面　招摇过市
成群结队

10 月 19 日，海军军令部正式决定采用山本的方案。11 月 5 日，日本御前会议决定将开战时间定为 12 月上旬。11 月 23 日，执行偷袭任务的南云特遣舰队已在千岛群岛人迹罕至的单冠湾集结完毕。这支特遣舰队拥有 6 艘航空母舰、2 艘战列舰、3 艘巡洋舰、9 艘驱逐舰、3 艘潜艇和 7 艘加油舰。11 月 26 日特遣舰队从单冠湾出发，分三路隐蔽地向夏威夷方向前进。

为了达到出其不意、攻其不备的效果，日军进行了一系列的伪装活动：伪装的舰艇在日本内海抛头露面，电讯频繁；冒充海军官兵的水兵学校学员在东京招摇过市，使美国一直确信日本航空舰队主力仍在日本内海；成群结队南下的舰艇船舶，又使美国误认为日军的攻击目标主要是东南亚；赴美撤退日侨的“龙田号”客轮预计 12 月 14 日离美回国，使美国错误地判断日美开战最早也要到 12 月 14 日以后。

此外，日本还派来栖大使赴美谈判，施放和平烟幕，说什么“日本和美国没有任何理由打仗”“要以最大的努力来防止不幸的战争”，等等。

1941 年 12 月 7 日，晨曦初露，珍珠港风平浪静，檀香山电台和往常一样，播送着爵士音乐。美国太平洋舰队的主要军舰，除两个特混舰队出海执行任务外，都安静地停在泊位上。瓦胡岛的机场上，整齐地停放着 300 多架飞机。大部分水兵离舰上岸休息，飞行员也离开机场，炮手离开炮位，连雷达站也关机休息，只有主力舰“内华达”号的水兵乐队正列队准备升旗。

词语百宝箱

风平浪静　急不可待

穿梭　无济于事

7 时 2 分，两个美国雷达兵突然在雷达屏上发现大批机群，两人几经复校，确认这个机群正向珍珠港飞来，便于 7 时 20 分报告了值班中尉泰勒，泰勒不以为然。35 分钟以后，由偷袭总指挥渊田美津雄中佐率领的第一批 183 架飞机对珍珠港发动了第一次攻击。当渊田飞到珍珠港上空，看到美舰停在港内，美机整齐地排放在机场，便急不可待地发回了奇袭成功的信号。渊田指挥百余架飞机在珍珠港的瓦胡岛上空横冲直撞，轮番轰炸。5 分钟后，瓦胡岛上的美军机场被炸，大部分美机被毁。

直到此时，美军才发出第一次警报：“珍珠港空袭，这不是演习。”10 分钟后，战列舰“亚利桑那”号已被大火吞没，“俄克拉荷马”号被炸后沉没，其他舰艇大多中弹起火。整个珍珠港，天空中日机穿梭俯冲，地面上弹片横飞，水下鱼雷横冲直撞，到处硝烟弥漫，烈焰冲天。

8 时 25 分，第一批日机离去。半小时后，第二批 171 架日机再次对珍珠港进行了狂轰滥炸。此时，美军的零星炮火才开始反击，但已无济于事。直到 9 时 45 分，第二批日机才离去。

经过两个小时的袭击，日机共投射鱼雷 50 枚，炸弹 100 余吨，毁伤美军各型舰艇 40 余艘，300 多架美国空军飞机被炸毁。美军死伤官兵 3000 多人。日本仅损失 29 架飞机，死伤 200 余人。

返航的日军飞行员还请求进行第三次轰炸，但南云满足于此次的成功，率领日本特遣舰队返航。

在前后不到两个小时的偷袭中，美国太平洋舰队几乎全军覆没。但幸运的是，该舰队中的 3 艘航空母舰因未停泊港内而幸免于难，为以后太平洋舰队的重建保存了基干力量。而且，美国海军从此抛弃了过时的战列舰，集中力量发展航空母舰，进行装备的技术改造，为以后对日作战夺取制海权和制空权奠定了基础。

战事余波

日本偷袭珍珠港，使美国太平洋舰队元气大伤，两个小时之内，太平洋的海上优势便落入日本手中。但珍珠港事件也使美国正式加入世界反法西斯战争的行列，大大加强了世界反法西斯联盟的力量。

塞瓦斯托波尔保卫战

名｜家｜心｜语

毫无疑问，敌人会为这个半岛苦战到底。他们宁可放弃敖德赛，也不放弃塞瓦斯托波尔。

——（德）曼施泰因

1941年6月22日法西斯德国开始进攻苏联，出动190个师，约550万人，3500多辆坦克和装甲车，5000多架飞机。德军分北路、中路、南路向东推进。其南路军队于1941年秋末攻至克里米亚半岛，苏军第51集团军大批人马向东败退。不久，苏军第51集团军残部被改编为独立滨海集团军，驻守塞瓦斯托波尔。

德军攻击克里米亚半岛的部队是曼施泰因率领的第11集团军，而追击苏军第51集团军的德军则是由他统率的、新调上来的第42军，第42军的指挥是冯·施波内克中将。

德国法西斯头子希特勒命令曼施泰因继续东进，但遭到苏军的顽强抵抗和有力反击，东进被阻。希特勒便令曼施泰因扫清克里米亚半岛苏军，尤其要攻下岛上重城塞瓦斯托波尔，以便为德军下一年的进攻做好准备。

塞瓦斯托波尔是突出于黑海北部的克里木半岛西南的一座城市。该城被狭长的、宽约千米的北湾分成两部分，主城在北湾之南，北湾之北的城区叫作“北城”。“北城”之北有别尔别克河，全城之东有萨蓬山等山地，山间有超尔纳亚河斜贯，城西则有赫尔松涅斯半岛。

为了保卫塞瓦斯托波尔，苏军于1941年11月初成立了塞瓦斯托波尔防御指挥部。守卫塞瓦斯托波尔的苏军有5.2万人，其中包括几个海军陆战旅的水兵2.1万人，火炮不下于170门。后来，又有若干军队从东方调来协助守卫。苏军在塞瓦斯托波尔外围构筑了三道防线。各道防线都有许多钢筋混凝土工事。整个防线之内划为四个防区，以便指挥。

为了摸清苏军火力设置，1941年11月德军第54军的几个师在埃·汉森的指挥下，接近塞瓦斯托波尔外围防线，但未摸清苏军虚实而退去。

接着，德方第11集团军的曼施泰因准备以两个军的兵力在强大火力的支援下攻占塞瓦斯托波尔。但因天气原因和小股苏军的偷袭，德军不得不搁置这一计划，直到1941年12月中旬，德军才做好了攻击塞瓦斯托波尔的准备。

1941年12月17日，德军从南、北两边向塞瓦斯托波尔发起进攻。南部的德军准备拿下俯瞰城区的那拉高地和分割城区的北湾。德军沿超尔纳亚河河谷推进，这一带道路崎岖，灌木丛密布。正当德军接近苏军外层防御圈时，苏军火炮怒吼，枪声大作，把德军打死打伤不少。德军稍稍后撤，其支援炮火便向苏军阵地猛轰，山石炸裂，土石乱飞，此时苏军已躲入掩体。而后，德军又一边叫嚷一边放枪向前冲，苏军从掩体中瞄准敌人齐发枪炮，把德军打得向后退去。苏军也不追击，双方相持，连日以大炮相轰击。北边的德军由别尔别克河的峡谷出发，向守卫城北侧西海岸的苏军发起进攻，苏军的守卫部队是第388步兵师、第40骑兵师以及第7海军陆战旅。此时已是冬季，天气颇为寒冷，又加上阴雨不息，德军的许多部队无大衣、手套及棉帽，而是穿着夏衣，这本是一支疲惫之师，但由于苏军情绪沮丧，望敌生畏，战斗刚刚开始便被击溃了。几天之后，由于苏军军官亲临战阵督战，政治委员们又去鼓动，而且威胁说如果他们当了俘虏，家属也要株连被惩罚，加之苏军新的精锐部队逐渐投入战斗，这才阻住了德军的进攻，不过双方伤亡都不少。其间，德国肖尔蒂茨指挥的第16步兵师，在重炮的支援下向苏军阵地强攻。苏军的第三防区被敌人突破。

德军的进攻持续不停，塞瓦斯托波尔的守卫面临着严峻考验。此时，苏联国家元首斯大林下令改组守卫塞瓦斯托波尔的领导人员。1941年12月20日，由原先配置在库班的外高加索方面军领导人科兹洛夫负责守卫塞瓦斯托波尔。次日，一个步兵师和一个陆战旅渡海抵达塞瓦斯托波尔。而命令原塞瓦斯托波尔防御指挥部的奥克佳布尔斯基司令员，即黑海舰队司令员，从速返回塞瓦斯托波尔，以火力支援地面部队。此时，奥克佳布尔斯基海军中将在离塞瓦斯托波尔400多公里外的诺沃罗西斯克海军基地。奥克佳布尔斯基接到电令后，立即率领若干艘舰前来支援。

词语百宝箱

沮丧　鼓动
株连　改组

此时，塞瓦斯托波尔守军仍处于危急之中。

1941年12月26日，两支苏军部队由东部开来支援。一支是由利沃夫指挥的第51集团军，一支是由契克尼亚克指挥的第44集团军。两军的支援使塞瓦斯托波尔的守卫又得以稳固。

1942年1月15日，德国曼施泰因的第11集团军，以三个半师的兵力进攻塞瓦斯托波尔以东的菲奥多西亚港，以切断东部苏军与塞瓦斯托波尔的联系。当时该地的苏军有8个师，结果却被德军击败，被俘1万余人，丢失火炮170门。不过，苏军的东西方联系并未被切断，因为此时此刻赤海峡已封冻，大批苏军可从冰上西援。

1942年1月28日，科兹洛夫指挥的苏联高加索方面军改称克里米亚方面军。斯大林此时还把苏军总政治部主任麦赫利斯委以最高统帅部代表的身份派往克里米亚。

1942年2月27日，苏军向包围了塞瓦斯托波尔的德军发起猛攻，经6天激战，战役告终。此后，3月13日、3月20日、3月26日、4月9日，苏军又连续在克里米亚半岛向德军进攻，以打击德军对塞瓦斯托波尔的攻击力量。德方曼施泰因的坦克几乎全被苏军摧毁。

1942年5月8日到15日，德军空军与陆军同时大举向塞瓦斯托波尔的刻赤进攻。苏军抵挡不住，弃城而逃，被俘17万人，损失火炮1.1万门，坦克250辆，摩托车3800辆，飞机300架。这样，塞瓦斯托波尔的守军陷入不利境地。

到1942年6月，苏军在南线的力量已大为减弱。而此时，德国第11集团军按希特勒的意图，准备拿下塞瓦斯托波尔以便东进。

德军分三路进攻塞瓦斯托波尔，总共有7个德国师，2个罗马尼亚师，支援的有700门火炮和一批重型迫击炮。而其空中支援则有里希特霍芬指挥的第8航空军，该航空军有7个轰炸机大队，3个斯图卡轰炸机大队，4个战斗机大队及17个高射炮兵连。此外，德军还有一些巨人式遥控装甲履带输送车，此车能将烈性炸药运入对方的防御工事。

1942年6月7日，曼施泰因指挥的德军对塞瓦斯托波尔发动攻击，那些大口径与中口径的火炮把炮弹倾泻到苏军阵地上，德军空军也对苏军阵地进行轮番轰炸。苏军在各防御阵地顽强阻击。

北路苏军与德军在别尔别克峡谷激战。德军用巨人式遥控装甲履带输送车装着烈性炸药向苏军开来，苏军用大炮轰击，但那“巨人”车却左拐右折地隆隆开来，一到苏军坚固的防御工事，便“轰”的一声炸得烈焰硝烟腾入半空，顿时把工事与守卫的苏军炸成齑粉。苏军无法对付此种“巨人”，在北线边战边退。后来，北线的重要设防点斯大林堡，被德军肖尔蒂克的第16步兵团夺去。

词语百宝箱

左拐右折
齑粉　呼啸

在南路，苏军凭借险要的山势、坚固的工事与不易通过的茂密的灌木丛与德军鏖战。到处是地雷、炮弹、炸弹的巨大爆裂声，子弹如同骤雨不断呼啸。德军伤亡惨重，有的步兵团只剩了几百人，甚至不少步兵连就剩了几个人。即使这样，苏军也难于坚守，萨蓬山一带的前沿阵地终于被德军攻占了。

在中路，苏军成功地阻击了敌军进攻部队，坚守住那拉高地。

德军的攻势总的看来虽有所进展，但未能达到预期目的。而此时，德军第8航空军团因其他战场的需要，要撤出塞瓦斯托波尔的战斗。因此，德军集中兵力攻击苏军守卫相对薄弱的北部防线。德军埃·汉森的第54军的第50步兵师，越过超尔纳亚河，攻占苏军沿萨蓬山筑就的防御阵地后方的英克尔曼。6月28日，德军两个步兵师（第22、24师）又趁夜强渡宽1公里左右的北湾，直扑塞瓦斯托波尔城的东部，绕到苏军防线的后方，苏军防线至此失去了作用。

苏军的防线虽已不复存在，但某些地段的战斗依然激烈，尤其是悬崖峭壁的洞穴与炮兵阵地的坑道中的苏军，都在做最后的抵抗。

由于德军的空中优势，苏联里海舰队水面船此时已无法进入塞瓦斯托波尔，不像以前那样还可运送援兵和补给品。现在只有潜艇尚可进入塞瓦斯托波尔，但此时潜艇的任务只是把苏联方面所有的高级官员们撤出此地，以免被俘。

塞瓦斯托波尔的零散守军中的政治委员们，仍在基层组织残余部队与德军做殊死战，决不投降，这使德军遭到惨重的伤亡，伤亡约 2.4 万人。

这些基层政治委员们在枪弹用尽、退无可退时，与残剩的兵士、成群的老百姓手挽着手向德军冲去，悲壮地在阵地上倒下。苏军的血与老百姓的血流在一起，渗入岩缝，凝固在塞瓦斯托波尔的土地上。苏联独立滨海集团军残部退至塞瓦斯托波尔西侧的赫尔松涅斯角，打算从海上撤退，但遭到围歼，3 万余人于 1942 年 7 月 4 日投降。塞瓦斯托波尔保卫战至此结束。

战事余波

塞瓦斯托波尔保卫战是历史上最著名、最惨烈的战役之一。这场战役虽然以苏军失败告终，但也让德军付出了巨大代价，严重削弱了德军的有生力量。战役过后，罗马尼亚政府也开始动摇，打算退出轴心国同盟。

同古保卫战

名 | 家 | 心 | 语

中国军队的黄埔精神战胜了日军的武士道精神。

——蒋介石

1942 年 3 月，侵略缅甸仰光的日军第 55 师团的一支快速部队，趁英军节节败退时，杀气腾腾地向同古席卷而来。

几十辆战车、卡车扬起长龙般的尘土，马达轰鸣，浩浩荡荡地驶上 200 米长的尤皮河大桥，突然间，几声巨响，大桥在浓烟烈火中四分五裂，日军连车带人粉身碎骨。没等后面的日军掉头，埋伏在两侧的中国远征军前哨部队开始进攻。各种火器齐声怒吼，300 多名鬼子全部被歼，中国远征军进入缅甸后首战同古，拉开了激战的序幕。

同古是仰光铁路线北面的第一个城市，必须在这里盯住敌人，争取时间，以便集中兵力歼灭敌人主力，收复仰光，确保中国西南门户安全和滇缅国际运输线的畅通，以保证大量外援物资、装备向中国抗日后方转运。英国为了解决其远东殖民地的危机，希望借助中国抗日力量远征缅甸。中国国民党远征军 8 个军团奉命陆续向缅甸开赴，开始了第二次世界大战中中国军队远征缅甸震惊全球的光辉一页。

日军在尤皮河遭到侵缅后第一次痛击，几小时后，集结重兵分数路全线突破尤皮河，向同古鄂克春阵地攻击。我军阵地上浓烟滚滚，伏在工事里的士兵被密集的炮火压得抬不起头，第一营的士兵伤亡在迅速增加……

一营营长满脸灰土，全身像泥人一样，他见阵地上的士兵一个又一个倒在血泊中，两眼冒着火，几步蹿到副团长黄景升的跟前吼道："我们不能趴在工事里挨炮弹！士兵在流血，你难道没看见？！"

黄景升问道："你想干什么？"

一营营长指着两面的敌人道："你看，敌人主力在两边向我阵地迂回，我带一连从中路冲上去，用刺刀捅他个措手不及！"

黄景升瞪了他一眼说："你冲上去，要是殉国了，谁来指挥这个营？"

说罢，他叫来一连连长，大声吼道："第一连，刺刀出鞘，跟我上！"

黄景升副团长亲自率领第一连，像一把尖刀冲过敌人的炮火线，直插敌人心脏。只听杀声震天，刺刀寒光似闪电，一场疾风式的肉搏战把敌人杀得晕头转向。敌人的炮击停止了，两边的日军向后退缩，鄂克春阵地上丢下200多具日军尸体。

词语百宝箱

破破烂烂　沙哑

傍晚，我军几十名重伤员被担架抬着向后方转移。阵地上数百名官兵排成队列，他们的军装被弹片和爆炸的冲击波扯得破破烂烂，副团长黄景升额角上缠着带血的绷带，用沙哑的嗓子说："弟兄们！为国捐躯，无上光荣，不打败日寇，我们决不回国！"

数百名勇士同时怒吼："誓与同古共存亡！"

经过两天的激战，日军第55师团分三路向同古逼近。正是需要主力增援，集中兵力歼灭敌人的有利时机，英军不但不予配合，反而在铁路运输上造成瘫痪，援兵上不来，致使中国远征军先头部队第 200 师两侧空虚，陷入三面受敌的艰难境地。

同古城内，缅甸居民和大批华侨早就逃离一空。缺水、断电、粮食危机，威胁着第 200 师的万名官兵，连汽车也因缺燃料而停驶。

然而，师长戴安澜，这位 37 岁的将军，凭他 20 年来身经百战的经验，深信他率领的第 200 师，决不会在敌人面前屈服。但是，弹药、粮食、水源断绝的危机，将使他的将士们面临与死亡抗争的严峻考验。在国内古北口、台儿庄、武汉、昆仑关等多次大战中，曾与日寇拼搏数昼夜，他从未在险境中犹豫，也从不为自己的生死存亡皱过眉。此刻，他站在指挥部外的土坡上，凝望着那乌云密布下死一般的城市，反倒愁容不展，思绪万千。

词语百宝箱

身经百战　思绪万千
弹无虚发　昂扬

晚间，戴安澜召开了紧急军事会议，他摊开作战地图分析形势：同古机场失守，日军一个师团三面围住同古，板田洋二郎的第 15 军团，另两个师团和一个装甲师团，正向同古方向运动。同古的这场血战已不可避免。戴安澜操一口安徽无为乡音说："对援军不抱希望了，全师将士要弹无虚发，一天粮三天用，要以一当十，以万夫莫当的气势与日寇血战到底！"

步兵指挥官兼第 598 团团长郑庭笈道："号称日本皇军中'钢军'的第 12 旅团及其团长，在昆仑关全部被我军歼灭。今天，这缅甸第一仗，我们 200 师同样要打出中国人的威风！"

第 599 团团长柳树人勃然起立，举起右手宣誓："全团官兵，决战到最后一兵一卒，扬威异域，虽死犹荣！"见指挥官们斗志如此昂扬，戴安澜宣布："恶战就要开始，我若阵亡，副师长高吉人代替；副师长阵亡，听命步兵指挥官郑庭笈……”

会议决定，师的指挥部当晚转移到色当河东岸，郑庭笈担任城防指挥官。

阳光驱散了同古上空的乌云。几十架涂着太阳旗的飞机，从天空扔下百吨的钢铁，百门山炮以每小时几千发的密度向同古轰击。整个地面都在颤抖，遍地烟火冲天。狂轰滥炸持续了两天，同古成了一片焦土。日军判定：中国远征军就是钢筋铁骨也已被熔化，于是，步兵潮水般地涌向同古。第200师的将士跃出坚固的工事，奋勇抗击。一连粉碎敌人三次轮番进攻。日军遭到这意想不到的伤亡，他们的指挥官恼怒了。经过一夜的布置，第二天上午，开始了争夺同古最激烈、最残酷的一天。

一个师团的日军，从三面向同古疯狂地强攻，所有阵地上都短兵相接，展开空前未有的肉搏战，杀声阵阵，血肉横飞……

三连阵地上，六班班长的腰部受重伤，血染透了他碎烂的军装，他见全班七八个弟兄都已倒在血泊中，仇恨的怒火在胸中熊熊奔突，他拉开唯一的一颗手榴弹的导火线，大声呼喊：“畜生！你们上不来的！”然后冲向逼近他的六七个日寇，只听“轰”的一声，六班长与日寇同归于尽。

敌人终于溃退了，远征军将士们杀声四起，声威大震。

残暴、疯狂的日本强盗在中国抗日远征军的英雄们面前，除了扔下1000多具尸体，没能夺到同古一寸土地。

戴安澜将军亲临战场告诫郑庭笈：全体将士佩戴防毒面具，防止敌人更残酷的进攻。

果然不出所料，日军趁着有利的风向对同古施放了毒瓦斯。两小时后，第200师阵地上一片沉寂，同古像一座死城，毒气也已经散尽，200师的阵地上仍不见丝毫动静。日军毫无顾忌地向同古成群地涌来。100米、50米、

30 米……顿时，我军阵地上各种武器喷射出火舌，急骤的枪声使敌人惊得肝胆俱裂，成批的敌人倒下了。日军板田洋二郎司令官的惨无人道的毒气战，又落得赔上数千具尸体的惨重报应。

板田洋二郎在司令部里暴跳如雷，命令他的航空队、炮兵队做最后一次轰击同古的准备，同时急令东西两线的两个师团杀向同古。

远征军副司令长官兼第 5 军军长杜聿明将军，正从腊戌催促第 6 军火速向西线挺进。

“第 6 军被日军牵制！”

“英军在庞得被阻，向普罗美撤回！”

“英国驻缅航空队，遭袭击毁于一旦！”

“第 200 师弹尽粮绝，危在旦夕！”

一份份急电飞向腊戌，杜聿明只得命令廖耀湘新 22 师由西线向同古驰援。不料新 22 师在接近同古的叶达西又遭日军阻截。杜聿明按捺不住了，愤愤地骂道：“打的什么仗？！曼德勒车站运输瘫痪，英国几万军队只会败退、败退！一帮草包！”

整个缅甸战局处于被动局面，第 200 师的命运危在旦夕。杜聿明沮丧地叹息：“远征军虽拥兵 10 万，远水解不了近渴啊！”

板田洋二郎终于获悉，同古的这支中国远征军第 200 师，就是几年前在广西昆仑关大战中，将“皇军”中的“钢军”第 12 旅团，连同旅团长中村正雄全部歼灭的精锐之师。今天，他自己居然被这支孤军缠得绞尽脑汁，束手无策。他一面惶惶恐恐，一面气焰嚣张地直接向裕仁天皇表示：“让中国远征军第 200 师在同古覆灭，活捉戴安澜为

词语百宝箱

肝胆俱裂	暴跳如雷
毁于一旦	按捺不住
束手无策	惶惶恐恐

皇军复仇雪耻。”

同古已坚守10昼夜，伤亡1000多人。饥饿、干渴，开始削弱部队战斗力，死亡在一步步逼近。许多士兵在寻找芭蕉、芭蕉根和树叶充饥。遍地焦土，困难重重。重伤员的死亡率在成倍增加。一批伤员拄着树枝冲到郑庭笈面前纷纷嚷道：“我们不愿饿死，我们宁愿上阵地与日寇拼死！”

郑庭笈望着这些伤员，心里很不是滋味，他把手一挥说道：“有我郑庭笈在，就有弟兄们在，200师不会覆灭！”

一份同古严重告急的电讯传到戴安澜手里。他敞开衣襟在掩蔽部里踱来踱去，听着色当河阵阵涛声，热血在他的胸中奔腾，他暗下誓言：“用刺刀与日寇血战到底，扬中华志气！”

河岸上，突然响起阵阵枪声，一股日军向指挥部袭击。戴安澜亲自指挥警卫连顶住敌人的两次进攻。

报务员收到杜聿明长官的紧急密电：令200师当夜沿色当河向叶达西方向突围，与新22师围歼叶达西之敌。报务员刚跨出掩体，一颗炮弹就炸毁了掩体和电台，上下一切联系就此中断。

戴安澜在阵地上看完电令，不禁犯起愁来：电讯中断，如何向郑庭笈下达突围令？焦急之际，郑庭笈派来的一个连赶到，迅速将偷袭的敌人击退。

戴安澜草草写了一纸手令：当晚撤离同古，沿色当河向新22师靠拢，围歼叶达西之敌。

围攻同古的日军第55师团，已伤亡过半。远征军新22师已占领南阳车站，正向围城日军腹背推进，迫使敌人不得不利用夜幕掩护，加紧兵力部署，一面准备阻击，一面准备发动对同古新的攻势。夜晚，同古城郊，各方阵地上一片寂静，第200师静悄悄地神速撤离同古，消失在色当河岸的夜幕中。

黎明驱走了黑夜，晨雾在一片焦土上散去。同古的阵地上，远征军的旗帜和以往一样，仍在微风中飘动。日军出动了 20 多架飞机，再一次使同古变成一片火海。接着，密集的炮火对同古进行地毯式的轰击。直到中午，在大批的装甲车掩护下，步兵群才战战兢兢地踏进这座遍地烟火、一片废墟的空城。

同古大战，中国远征军第 200 师浴血奋战 12 昼夜，歼敌 5000 余人。日本第 15 军团司令板田洋二郎感到极为震惊，不知如何向裕仁天皇交代。

紧接着，正当日军的一个连队向色当河岸密林中寻找远征军第 200 师的踪迹时，叶达西的日军装甲师团正在被远征军围歼……

英雄的 200 师，从西线转战至东线棠吉，在摩谷公路旁的森林中，与日军发生遭遇战。漫天弹雨中，戴安澜将军身先士卒，不幸在突击中腹部、咽喉两处中弹，一代黄埔精英就这样倒下了。

战事余波

同古保卫战是缅甸战役中作战规模最大、坚守时间最长、歼灭敌人最多的一次战斗，为远征军的后续部队赢得了时间。

中途岛海战

名|家|心|语

今日我们已报了珍珠港之仇！但是，只有彻底摧毁日本海军，才能带来太平洋地区乃至世界的长久和平。我们已经取得了实质性的进展，中途岛海战使我们走完了一半的历程。

——（美）尼米兹

1942年6月4日，是现代战争史上一个值得人们永远记住的日子。这一天发生的中途岛海战，使第二次世界大战中的太平洋战争出现了历史性的转折。

1942年6月4日凌晨，日本南云舰队进抵中途岛西北240海里的海域。4时30分，从“赤诚”号等4艘航空母舰上起飞的108架轰炸机和战斗机，急速升空并向中途岛扑去。蝗虫一般的日本机群，刚刚进入距中途岛50海里处的上空，就被美军侦察机发现了。6时整，中途岛上响起了凄厉的战斗警报声，全部美机陆续升空。6时45分，日机飞临，早已等候多时的26架美军“野猫”式战斗机，马上迎去拦截。战斗是激烈的，日军轰炸机很快穿过美军的高射炮火网，全部飞临中途岛上空，开始狂轰滥炸。由于美军早有准备，日机轰炸效果不佳，虽然机场和跑道受到破坏，但美军军用飞机已经升空。7 时整，日军轰炸机队开始返航，机队指挥官永友大尉只好向南云司令发报：“需要进行第二次攻击”。一句话的战报，说明第一次攻击失败了。

可是，大规模的、有组织的第二次攻击已经不可能进行了，因为美军飞机的报复性打击已接踵而至。当南云舰队进到设伏海域时，美国舰队即通过侦察机的不断监视而掌握了日本舰队的动向，并做好了一切准备，静候着发起进攻的时机。对南云舰队实施报复性打击的，首先是从中途岛起飞的美机，其次便是从航空母舰起飞的舰载机。

7 时 10 分，美军 6 架鱼雷机和 4 架轰炸机首次飞临日本舰队上空。在日舰防空火网和“零”式战斗机阻击下，轰击没有成功，10 架飞机被击落 7 架，只有 3 架逃生。紧接着，美军 17 架“空中堡垒”式飞机飞来，它们只是存心扰乱，在 6000 米以上的高空向日舰投掷了各自携带的 4 吨炸弹，扔完后立即离去。它们虽然只在日舰附近炸起如林水柱，却给了南云司令沉重的思想打击。8 时整，又有 16 架美机，再次冒死对日舰发动进攻，结果 8 架美机被打得喷烟坠海，而日舰仍安然无恙。

词语百宝箱

接踵而至　存心

安然无恙

心急如焚　衡量

第一次对中途岛攻击不成功，美机不断对日舰队实行报复性打击，已使南云司令焦躁不安。接着，日军侦察机报告，在中途岛东北约 200 海里处，发现有美国舰队，似乎还有 1 艘航空母舰。这一消息，更使南云心急如焚。

他最担心的可怕情况终于出现了。8 时 30 分，南云忠一在再三踌躇和反复衡量之后，终于下令：立即空出飞行甲板，收回第一批出击的飞机；同时全力做好攻舰准备，从原拟进行第二批出击的飞机上摘下炸弹，换装鱼雷，准备两小时后升空出击。

但是，日本人已经出击不了啦！几乎与此同时，从美军“企业”号和“大黄蜂”号航空母舰上已经起飞116架各类飞机，从“约克敦”号航母上也起飞了35架飞机，庞大的机群开始一批批地向南云舰队猛扑而来。美机出击的时机，真是选择得再恰当不过了：由中途岛返回的最后一架日本飞机，在甲板上停落不过5分钟，美军的15架鱼雷轰炸机就逼近了。

激烈的战斗再次开始。从9时30分到10时24分，美机三批共41架飞机，先后攻击了南云舰队。这些都是老式鱼雷机，在搜索日本舰队时失去了战斗机的护航，但都不顾高射炮火网和“零”式飞机的拦截，勇敢地掠近海面，冲向日本舰队。当然，悲剧也随之出现了：41架美机竟有35架冒烟坠海，而且没有一弹命中目标。这是美国海军航空兵历史上最为悲壮的一幕。但是，他们没有白白牺牲，为后来者创造了一个最佳的攻击机会。10时24分，从“企业”号上起飞的37架俯冲轰炸机，乘日舰护航的“零”式飞机正拦截和追赶美鱼雷机而贴海低空飞行的机会，突然呼啸着俯冲下来。它们分成两批，把一颗颗重磅炸弹投向敌舰。转瞬之间，南云中将的旗舰“赤诚”号航母连中两弹。一颗将该舰的升降机炸烂，另一颗落在飞行甲板的左后方，引爆了因转换装卸来不及收贮而堆放在甲板上的大批炸弹。仅仅几秒钟，大火便吞没了整个飞行甲板，“赤诚”号在接连不断的爆炸声中东倒西歪，一下子丧失了作战能力。与此同时，附近的“加贺”号航空母舰也连中4枚炸弹，全舰烈火熊熊，舰长当即身亡。

10时30分，从“约克敦”号起飞的第一批17架美机也到达日舰上空，并立即进行俯冲式攻击。于是，日“苍龙”号航母连中3颗重磅炸弹，整舰剧烈爆炸，变成了一座燃烧着的活动地狱。由于受损惨重，1.59万吨的“苍龙”号于当日19时13分沉入海底；12分钟以后，3.82万吨的“加贺”号发出两声天崩地裂的爆炸，随之也翻转倾覆。

灭顶之灾使得南云中将呆若木鸡。但是，日本人没有忘记垂死挣扎。在“赤诚”号等3艘航母遭炸中弹后，“飞龙”号放出了24架轰炸机和战斗机，悄悄地跟随返航的美机，发现了美军“约克敦”号航空母舰，便快速地进行了俯冲攻击。日军虽然损失16架飞机，却使“约克敦”号连中3弹；稍后，第二批飞来的日军鱼雷机，又使“约克敦”号中了2枚鱼雷。结果，“约克敦”号损毁严重，像流浪汉一样在海上漂荡，最后于6月6日凌晨沉没。

南云舰队仅剩下的1艘“飞龙”号航空母舰，并没有逃脱美机的连续进攻。4日下午5时3分，由“企业”号起飞的24架美军轰炸机，背着太阳扑向已无战斗机护航掩护的“飞龙”号，接连3弹击中了飞行甲板。随后，从“大黄蜂”号和中途岛起飞的轰炸机，也相继赶来助战。“飞龙”号先后遭到79架美机攻击，最后厄运难逃，淹没在一片火海之中。5日凌晨，南云的旗舰“赤诚”号已无法航行，奉命于5时10分自沉；20分钟以后，“飞龙”号也被自己的鱼雷击中，带着舰长及400多名自愿殉舰者沉入海底。至此，南云舰队的机动打击力量丧失殆尽。日军企图再次制造珍珠港事件的幻想，终以自食恶果而破灭。

词语百宝箱

天崩地裂　倾覆
呆若木鸡
垂死挣扎

战事余波

这是日本海军自1894年中日甲午海战以来所遭受的第一次惨败。从此，日本在太平洋战区开始失去战略主动权，被迫逐步转入战略防御，以致最后走向失败。

斯大林格勒保卫战

名|家|心|语

我们在斯大林格勒损失25万士兵，那就等于打断了我们在整个东线的脊梁骨。

——（德）蔡茨勒

德军在莫斯科会战失败后，被迫放弃了全面进攻，于1942年夏在苏德战场南翼实施重点进攻，企图攻占高加索和斯大林格勒，切断苏军的战略补给线。5月，德军在哈尔科夫交战中挫败了苏军的进攻。7月中旬，“B”集团军群推进到顿河大弯曲部，逼近斯大林格勒。

斯大林格勒，西通顿涅茨工业区，南连高加索库班产粮区和巴库油田，东接乌拉尔新工业区和苏军战略预备队的集结地，北达莫斯科。希特勒如果攻占了这里就夺取了苏联丰富的经济资源和战略物资，必将大大加强希特勒的战略优势。到时候，希特勒将和日本法西斯一起，造成东西夹击的态势，一举灭亡苏联，进而集中力量对付美英和中国，实现其称霸世界的野心。因此，进攻斯大林格勒是希特勒打击苏联要害的重要军事战略。斯大林格勒的得失关系着苏德双方整个战局的命运。

希特勒进攻斯大林格勒的战役计划是：首先占领顿河与伏尔加河之间的狭窄地段，切断苏联南北交通。占领斯大林格勒后再分兵两路：一支沿伏尔加河北上直取喀山，包围莫斯科；另一支军队向东南推进，夺取巴库油田，占领高加索，越过伊朗，南出波斯湾，与日本军队在印度洋会师。南线攻势，希特勒集中了 150 万人的兵力，并把在北非作战的一部分飞机和坦克都抽调过来了。弗赖赫尔·冯·威克斯将军指挥的“B”集团军群担任对斯大林格勒的主攻，至 7 月中旬，其兵力共 13 个师 27 万人，火炮和迫击炮有 3000 门，坦克有 500 辆，另有 1200 架作战飞机。此后，希特勒又陆续投入了大量的兵力。

苏联方面总的方针是：先诱敌深入，继而顽强抵抗，消耗敌人力量，积极创造条件，最后转入反攻。苏联最高统帅部为了保卫斯大林格勒，于 7 月 21 日组建了由铁木辛哥元帅指挥的新的斯大林格勒方面军，配置在总长 520 公里的顿河大河弯曲防线上。战役开始时，红军总共有 12 个师、16 万人、火炮和迫击炮 2200 门、坦克约 400 辆、飞机 454 架，此外，还有 100 多架轰炸机。双方力量对比，德军人数是苏军的 1.7 倍，炮兵和坦克是苏军的 1.3 倍，飞机数量比苏军多一倍多。

面临强敌，斯大林格勒军民严阵以待，响亮地发出了决不后退一步的口号。全城构筑了四道防御围廊，即外层、中层、内层和市区围廊。军民共组织了 83 个民兵歼敌营，协同主力部队作战，居民也做好了坚持敌后斗争的准备。

1942 年 7 月 17 日，会战开始。德军向苏军前沿阵地发动猛烈攻击，7 月底，终于冲到顿河边。德军统帅部意识到单靠“B”集团军群的现有兵力不足以攻下斯大林格勒，就从高加索调来坦克第 4 集团军，从南面攻打该城。

苏军最高统帅部也重新调整了兵力部署，经过浴血奋战，把德军阻遏在顿河西岸近一个月之久。

德军不断以强大的坦克部队和优势兵力向苏军频频猛攻，终于在8月23日强渡顿河，出现在斯大林格勒市区以北的伏尔加河河岸，对市区造成严重威胁，并把苏军分割成两部分。

与此同时，德军对市区进行轮番的狂轰滥炸，平均每天出动上千架次飞机，投下了总共100多万颗炸弹，使城市变为一片焦土。但这并没有使斯大林格勒人屈服，反而更加激起他们复仇的怒火。北郊的拖拉机厂，离德军只有1500米远，工人们冒着敌人猛烈的炮火和空中轰炸，继续生产和修理被损坏的坦克，许多工人装配好坦克后就直接开着这些坦克到前沿阵地去参加战斗。

9月14日下午，德军突破了苏军防线，窜入了市中心，激烈的巷战开始了。德军为抢占市区，动用了13个师约17万人的兵力、500辆坦克、1700门大炮和迫击炮。守卫市区的苏军共9万人，配有1000门大炮和迫击炮、120辆坦克。德军占有明显的优势。但斯大林格勒的保卫者们，顽强抗击，与冲进市区的德寇进行殊死的战斗。每个街区、每幢楼房，甚至每层楼、每间房、每个街垒，双方都要进行反复争夺。战斗空前激烈，苏军不少师虽只剩下几十个人，仍坚守阵地。

苏联近卫军中士雅可夫·巴甫洛夫领导的一个4人战斗小组，死守一幢4层楼房达两个月之久。德军反复冲击，始终未能攻下这座楼房。激烈的血战使德军感到胆战心惊，一个德军团长在日记中写道："俄国人不是人，而是某种钢铁铸成的东西，他们不知疲劳，不怕炮火。"另一个德国士兵写道："想想斯大林格勒大战——80个昼夜的肉搏拼杀情景吧！街道不是用公里来计算，而是用尸体作单位来丈量的。斯大林格勒不再像座城市，它淹没在一片漫无边际的浓烟烈火之中，简直像一座巨大熔炉。”

战斗进行到 11 月 18 日，德军的全部后备力量已经消耗殆尽，特别是第一线的主力打得精疲力竭，寸步难行。德军被迫转入了防御。

从 7 月开战到 11 月，德军共死伤 70 万人，损失坦克 1000 余辆、火炮和迫击炮 2000 多门、飞机 1400 余架。希特勒企图迅速攻占斯大林格勒的计划和整个 1942 年夏秋的战役计划均告破产。

德军转入守势也是苏军攻势的开始。在最高统帅部代表朱可夫和华西列夫斯基的主持下，苏军制订了反攻计划，并为反攻的到来做了大量的准备工作。苏军为大反攻调集了 110 万人的兵力、火炮和迫击炮 1.55 万门、坦克 1463 辆、作战飞机 1350 架。而此时的德军“B”集团军群虽经几次增援，已处劣势。更重要的是，苏军士气高涨，对胜利充满信心，而德军士气低落，为苏军的英勇精神所震慑。

词语百宝箱

殆尽　破产
震慑　轰响

1942 年 11 月 19 日清晨，苏军西南方面军首先在斯大林格勒西北面发起攻击，2000 门大炮同时轰响，到天黑时，苏军已向纵深推进 25~30 公里。11 月 20 日，苏军又在南面发起进攻。

22 日晚，苏军坦克第 26 军先头部队抵达顿河大桥附近，发现德军在桥上设有重兵守卫，苏军指挥官菲利波夫中校决定实行一项大胆的计划。他命令坦克车打开车灯，大摇大摆地向前开，德军守兵看到几十辆坦克排成一字长龙，还以为是前来增援的德军，因此予以放行。苏军坦克一过桥，立即开火，歼灭守桥德军，卸下德军在桥上安放的爆炸装置，然后发射两颗绿色信号弹，让后续部队放心过桥。菲利波夫由于这次果敢的行动被授予“苏联英雄”的称号。

11 月 23 日，从西北和南面发起攻击的两支苏军在卡拉奇、苏维埃茨基、马里诺夫卡地域会师，完成了对德军鲍留斯军团 33 万人的合围，然后逐渐压缩合围圈。此时，苏军已掌握了制空权，德军无法从空中运输粮食、弹药和援军。包围圈内仅有的德军空军基地皮特姆尼克机场也被苏军占领。苏军利用机场的照明和无线电导航设备，巧妙地欺骗了德军飞行员。当时，德军还不知机场已被苏军占领，几十架降落下来的德国飞机旋即成为苏军的“笼中之鸟”。

被围困的德军由于饥饿，不得不把骑兵的马匹宰杀吃光；每个士兵每天只能领到 100 克面包和 30 克油脂；坦克也因缺少燃料而成了一堆废铁。德军已陷入了绝境，成了瓮中之鳖。

1943 年 1 月 8 日，苏军发出最后通牒，敦促鲍留斯投降。鲍留斯请示希特勒后拒绝投降。包围圈越来越小。

1 月 24 日，鲍留斯再次请示希特勒，希特勒仍下令死守阵地，“直到最后一兵一卒一枪一炮”。26 日晚，德军被分割为南北两个部分：南集团军群由鲍留斯指挥，北集团军群由史特勒克尔指挥。

词语百宝箱

果敢　欺骗
旋即　通牒

1 月 30 日，鲍留斯电告希特勒：“部队将于 24 小时内最后崩溃。”希特勒赶忙发电，给那些绝望挣扎的法西斯军官晋爵，授予鲍留斯“元帅”军衔，其他 117 名军官也晋升一级。第二天，鲍留斯及其司令部全体官兵，在市中心百货商店的地下室被俘；2 月 2 日，北集团军群投降。与此同时，在斯大林格勒附近的德军第 6 集团军和坦克第 4 集团军，罗马尼亚第3、第4集团军，意大利第8集团军皆被苏军击溃，灰溜溜地撤离伏尔加河，向西溃退。震撼世界的斯大林格勒战役以苏军的全面胜利而结束。

战事余波

斯大林格勒之战是苏联卫国战争的转折点，也是第二次世界大战的转折点。苏军从此夺得了战略主动权，开始由战略防御转入战略进攻。而法西斯集团开始分崩离析，德军开始由战略进攻转入全面防御，以致节节败退。

诺曼底登陆

名|家|心|语

诺曼底战场是战争领域所曾出现过的最大屠宰场之一。

——（美）艾森豪威尔

1944年6月5日夜间，英吉利海峡的海面上狂风呼啸，波浪滔滔。由5000多艘各种舰船组成的庞大舰队，载着17.6万名盟军登陆部队和2万余辆军用车，从英国本土南安普敦一线的海边起航，劈波斩浪地驶向海峡。朦胧夜色中，马达轰鸣，战舰如云，船楼高耸，颇似一座“钢铁大城”，浩浩荡荡地在海面上行进。与此同时，数百架重型轰炸机和战斗机，1100架运输机和拖曳滑翔机，满载着5200吨炸弹和2.3万名伞兵与突击队员，分别从英国南部的20个机场起飞，黑箭一般地向苍穹射去。巨大的响声在万里云空滚动，但是转眼之间，一队队机群便消失得无影无踪。这些舰艇和飞机，急匆匆地朝东方挺进。它们的目标是扑向法国北部的诺曼底地区，主要的任务是夺取一个巨大的战略登陆场，以便从欧洲西部向德国本土发起进攻。这就是世界战争史上最大的一场登陆作战开始时的情景。紧接着，从6月6日至7月24日，美、英、加等同盟国军队，正式执行“海王行动”计划，

词语百宝箱

劈波斩浪　高耸
苍穹　无影无踪

成功地进行了诺曼底登陆作战。

早在 1943 年 1 月，美英首脑即在卡萨布兰卡会议上商定，立即着手准备在西欧实施一场登陆作战，开辟一个新战场，直接向德国进攻。此后，成立了以英国陆军中将摩根为首的盟军最高参谋部，负责制订登陆作战计划。同年 12 月，斯大林、罗斯福、丘吉尔在德黑兰举行三国首脑会议。会上达成协议：美英盟军在西欧开辟第二战场的日期，应不迟于 1944 年 5 月 1 日；届时，苏军应向德军发动大规模进攻以相配合。12 月 7 日，美英任命美国陆军上将艾森豪威尔为同盟国远征军最高司令，统一指挥盟军在西欧的登陆作战。

1944 年上半年，第二次世界大战欧洲战场的作战态势急剧变化，对盟军在欧洲西部大陆开辟第二战场极为有利。当时，苏德战场上，苏军将德国侵略者赶出苏联国境，开始全线转入战略进攻；地中海战场上，美英盟军迫使意大利投降后，已向意本土积极推进；西欧各国人民的反法西斯抵抗运动，正在走向高潮，使德国占领军疲于应付。这一大好形势，为盟军进行登陆准备提供了良好条件。

美英等国政府和军队，都为开辟第二战场而积极行动。其时，大西洋之战已经获胜，海路上的德国潜艇已被肃清；美洲的大批军队、武器和补给品正通过海路源源不断地运往英国本土；盟国空军已将德国飞机赶走，赢得了战线上空宝贵的制空权，并炸毁了许多供应德国空军装备的工厂。到 1944 年 5 月，德军赖以运送部队的铁路线和公路网已被基本破坏；德国可以使用的 2000 个火车头中，已有 1500 个被炸毁；占领区内的大量桥梁，包括法国境内塞纳河上的 18 座大桥，卢瓦河上的大部分重要交通桥，都已被摧毁；许多交通枢纽、调车场和后勤基地设施，也遭到严重轰炸；德军在加来至格恩济岛这一带海岸所设置的全部雷达站基本被毁，无法发出预警。面对这种形势，德军统帅部当然预感到了厄运的来临，但盟军将于何时何地发起新的进攻，他们只能猜测而无法做出确切判断。

为了阻止盟军进攻，德军统帅部曾经做出相应部署，将防守法国、比利时与荷兰的军队统编为“B”“G”两个集团军群，由龙德施泰特元帅统一指挥。“G”集团军群下编 17 个师，驻防法国南部和西南部海岸；“B”集团军群共辖 38 个师，驻防法国北部、比利时和荷兰海岸，由隆美尔元帅指挥。兵力部署说明，德军的防御重点，显然选在法国北部。法国北部加来地区，距英国海岸最近，只有 20 海里，而诺曼底地区，距离却有 64.8 海里。德军统帅部据此判断：美英等同盟国如欲在西欧登陆，很可能选在加来地区。于是，德军统帅部决定：把“B”集团军群的主要兵力，配置在加来地区及其南北约 900 公里的海岸线上，并纠集一支由 50 万劳工组成的劳动大军，在沿岸海水底下和海滩上筑起大量混凝土障碍物，密布地雷；而在海岸上，则构筑许多隐蔽很深的炮台、反坦克陷阱、厚壁碉堡和掩体等，号称“大西洋铁壁”。

由于把防御重点设在加来地区及其南北一线，德军统帅部对诺曼底、科唐坦半岛和布列塔尼半岛的沿海防线，都只配置有限兵力。在诺曼底驻防的只有 6 个师，其中还包括 3 个海防师在内。当时，德军在欧洲西线已丧失了海空优势。海军能用于抗登陆作战的兵力，仅有中、小水面舰艇 500 余艘，以及驻泊在比斯开湾的 49 艘潜艇；空军能用的作战飞机，实际只剩下 160 架。

随着预定登陆日期的抵近，同盟国方面加快完成各项准备。到 5 月底，盟军在大不列颠岛集结的兵力已达288万人，作战飞机1.3万余架，各型舰艇9000余艘。所有地面部队，混合编成为4个集团军。针对德军的布防情况，盟军总部早已做出决定：避实击虚，选择诺曼底作为登陆地域。为了便于作战，从科唐坦半岛南端起至奥思河河口止，区分成5个登陆地段：美军2个，代号“犹他”和“奥马哈”；英军（含英联邦国军）3个，代号“哥尔德”“朱诺”和“斯沃德”。

登陆的战役准备非常充分。登陆前几个月，盟军一直对诺曼底地区进行空中和海上侦察，查明了德军的海岸防御配系、预备队集结地域和纵深内的交通枢纽、弹药库、军需库、军工生产基地的位置，等等。登陆前3周内，盟军进而对诺曼底及其周边的德军机场和当地桥梁实施连续不断的狂轰滥炸，使其中85%的机场遭到破坏，塞纳河上3/4的桥梁被炸毁。登陆前1周，空军袭击了德军远程雷达站，使其大部分受到损坏。这样，盟军在登陆时，基本上没有遇到德国空军的有力抵抗。

6月1日，盟军登陆部队开始在英国南部15个港口上船，各路舰船预定在怀特岛东南海域会合。登陆时间，即人们不断猜测的“D日”，原定于6月5日，但因天气恶劣，盟军总部将其推迟了一天。各登陆编队会合后，以扫雷舰艇开辟航路，在火力支援舰和空军掩护下，沿5条航线向5个登陆地段开进。于是就出现了本文开头所描述的5日夜间的壮观情景。各登陆编队通过英吉利海峡中心线后，其航道均由1条变成2条：1条供快速舰艇使用，1条供慢速船只使用。

6月6日凌晨，在诺曼底沿海和上空，奇迹般地出现了短暂的好天气。

乌云已散，天空晴朗，海风虽强，但已停止呼啸。1时左右，几处巡逻的德军士兵都发现，高空突然出现了无数个白点，正在大风中迅速飘落，于是迅即赶往降落地点，但却上了大当，原来只是一些假人从天而降。沮丧的德军士兵哭笑不得，懒洋洋地返回军营。而在他们重新进入梦乡之时，又一批白色伞篷冉冉飘落，其数量迅速增多，很快便布满了夜空。

德军士兵们终于被警报惊醒了。他们跑出军营，莫名其妙地望着天空，有的还哇里哇啦地说笑，不知敌人搞的什么名堂。然而，这次降落下来的，都是荷枪实弹、矫健敏捷的盟军空降兵和特种部队。德军士兵又一次上当了，许多人还没有反应过来便被抢先着陆的盟军伞兵用自动武器撂倒在地。

盟军这次登陆，初战颇为顺利。登陆前4—5小时，在空军密集突击的掩护下，美军空降第82师和第101师，以及英军第6师，分别在登陆地域的两翼实施空降，在距海岸10—15公里纵深内，占领了登陆地域近旁的交通枢纽和桥梁、渡口等要地。凌晨5时，盟军开始航空火力准备，对德军的整个防御阵地实行全面猛烈的轰炸。5时30分，实施舰炮火力准备。

6时30分至7时45分，第一批登陆部队分别在5个登陆地段突击上陆。由于盟军掌握着制空权，德军抗登陆准备不足，盟军登陆部队在“犹他”“哥尔德”“朱诺”和“斯沃德”4个登陆地段，没有遭遇德军的有力反击，至9时，已基本突破德军的防御阵地，夺取并建立了比较稳固的立足点和滩头登陆场。

词语百宝箱

哭笑不得　莫名其妙
名堂　荷枪实弹
矫健敏捷　撂倒

但是，在“奥马哈”地段的情况则不同。由于隆美尔在盟军登陆前曾下令加固该地段的防御工事，并调来第352师加强防守，登陆的美军在此遭到顽强抵抗，进展十分缓慢。那里曾激战一天，而且情况非常危急，拖延下去后果不堪设想。关键时刻，指挥此段进攻的美军第1步兵师师长许布纳将军，做出了孤注一掷的决策。他冒着遭到杀伤的危险，断然请求舰炮支援，向德军炮兵阵地和火力点进行近距离射击。停在海面的驱逐舰，立即发挥了巨大威力。在炮火猛轰之下，德军士兵被迫举起双手从工事中走了出来。到下午7时许，盟军终于占据了奥马哈滩头阵地，并随即向纵深方向进一步进攻。

6月6日日落前，盟军共有13.2万余人登陆，夺取了5个纵深为8—10公里的登陆场。但各登陆场彼此孤立，未能建立联系，只不过将德军的“大西洋铁壁”基本上予以分割打破。6月7日，盟军第21集团军群司令蒙哥马利上将，首先在滩头阵地开设了“前进司令部”，各登陆部队开始扩大并建立联成一体的登陆场。这一任务直到6月12日才最终完成。这个统一的登陆场，正面宽约80公里，纵深13—19公里，为之后的不断扩展打好了基础。

德军为阻止盟军大批登陆和扩大登陆场，从6日开始紧急调来4个师的增援兵力，先后投入战斗。但有限的兵力不能遏阻盟军的登陆行动。盟军巩固和扩大登陆场的作战行动迅速发展，到6月17日，登陆人员已经达到19个师共50万人。18日，美军登陆部队最后切断了科唐坦半岛，于21日向瑟堡发起进攻，29日攻克该城。7月5日，盟军成功登陆部队达到100万人。

词语百宝箱

孤注一掷
孤立　分割
遏阻

16日，英军突入冈城拔除了登陆场最坚硬的据点。18日，美军攻占了交通枢纽圣洛，从而分割了隆美尔所指挥的德军。到24日，盟军各部分别推进到卡昂、科蒙、圣洛、莱赛以南之线，形成一个正面150公里，纵深13—35公里的战略登陆场。至此，盟军完成了预定计划，诺曼底登陆作战宣告结束。

战事余波

诺曼底登陆作战是第二次世界大战中，也是世界战争史上最大的登陆战役。这次作战使盟军成功开辟了欧洲大陆第二战场，为夺取第二次世界大战的胜利做出了重大贡献。

海湾战争

名｜家｜心｜语

如果此次入侵和占领科威特成为既成事实，我们就要认真考虑美国和中东的长远利益所在了。

——（美）斯考史罗夫特

1990年8月2日凌晨2时，阿拉伯半岛高达40℃的暑热刚刚消退，190万科威特人正进入梦乡，集结在伊拉克与科威特边境的350辆重型卡车已经隆隆启动，10万名伊拉克士兵越过边境直扑科威特城。数架战机腾空而起，坦克、大炮随之出动，闪电般地切入科威特领土——20世纪90年代第一场恶战开始了！

争夺科威特市的战斗相当激烈。科威特飞机起飞迎敌，与伊拉克飞机周旋对射。然而伊拉克毕竟占了突然袭击的先机，不久就控制了科威特机场，接着港口起火，数十辆坦克迅速占领了滨海大道。伊军包围了科威特王宫，炸弹在宫墙外连连爆炸。宫内装甲车紧急调动，科威特人在此进行了最顽强的抵抗。不久，市内的国防部、新闻部、电视台及其他政府部门大厦相继失陷。上午11时，王宫失守。科威特市完全落入伊拉克军队手中。

有600多位科威特人为保卫祖国英勇献身，王室成员也有6人英勇牺牲，其中包括国家元首贾比尔的胞弟法赫德亲王。

接着，科威特南部苏瓦伊赫港和艾哈迈石油中转站也被伊军占领。

词语百宝箱

傀儡　反响
插手　谴责
制裁　冻结

6月3日，伊拉克军队已在沙特阿拉伯边境虎视眈眈。同日，伊拉克向全世界宣布，伊军是“应邀”前来帮助推翻贾比尔政府的。一家声称代表“新政府”发言的科威特电台报道说，科威特“临时政府”宣布，执政的萨巴赫家族已被推翻。

8月4日，巴格达电台又宣布，由9名军人组织的“自由科威特临时政府”内阁成立，并着手组建“科威特人民军”。而原科威特议会反对派领袖艾哈默德·萨敦，因拒绝伊军要求，坚持不当傀儡政府总理，被伊军残暴地杀害……

突如其来的海湾战争，使世界陷入一片惊惶与动乱之中。

美国首先表示出异乎寻常的强烈反响，布什总统接连几天没有睡上好觉，在8月7日的白宫新闻发布会上不断说错话，先将伊拉克说成沙特，接着又将沙特说成苏联。但有一点是确定无疑的：美国将直接插手干预这一事件。

同时，苏联和其他欧洲国家，纷纷谴责伊拉克的侵略行为，大多数阿拉伯国家也呼吁国际社会积极干预此事。

制裁伊拉克的行动立刻开始了。冻结伊拉克、科威特在美国的财产，说服土耳其和沙特关闭伊拉克跨越两国领土的输油管，逼迫约旦停止同伊拉克的一切贸易，并实行海上封锁。8月4日，美国国家安全委员会特别会议又拟订了针对伊拉克的“沙漠盾牌行动”计划。数百架美国飞机进入海湾地区，数以十万计的美国地面部队进驻沙特。随后，埃及与摩洛哥也派兵进入沙特，美国军舰开始武力拦截伊拉克船只……对于咄咄逼人的“沙漠盾牌”行动，伊拉克毫不示弱，萨达姆声称“伊拉克没有屈服的历史”，决心与美国一赌输赢。伊拉克将20万重兵和500辆坦克部署在科威特防御阵地上，在8年两伊战争中建设起来的百万雄师随时准备战斗。同时，伊拉克玩弄外交手腕，把海湾危机同巴勒斯坦问题联系到一起，希望以此获得阿拉伯国家的支持。

联合国希望以和平手段逼使伊拉克退出科威特。然而，尽管对伊拉克的各种制裁逐步升级，伊拉克仍一意孤行。以美国为首的西方国家，断然认为无限期地等待制裁奏效，实际上等于承认伊拉克兼并科威特的事实，因此，他们积极要求联合国安理会通过一项武力干涉伊拉克入侵事件的决议。最后，安理会通过了678号决议，要求伊拉克在1991年1月15日前停止侵略行动，从科威特全面撤军，否则将“使用一切必要手段”，也就是说，将实施武力干涉。

伊拉克仍执迷不悟，同国际社会对抗到底。

1991年1月15日，为和平解决海湾危机所做的一切努力均告失败。1月17日巴格达时间凌晨2时40分，以美国为主的多国部队向伊拉克发动了代号“沙漠风暴行动”的大规模空袭，出动上千架次飞机，对伊拉克和科威特境内的主要军事目标轮番轰炸。伊拉克总统府大楼、复兴党总部、国防部、通信中心等均遭轰炸。

词语百宝箱

咄咄逼人　手腕
一意孤行　执迷不悟

停泊在海湾的美国“密苏里号”和“威斯康星号”战列舰也向伊军发射了战斧式巡航导弹。

伊拉克宣布击落了14架多国部队飞机，但多国部队仅承认损失一架飞机。

在战争开始的当天，萨达姆向全国发表电视讲话，宣称“圣战”已经开始，伊拉克将“打败异教徒和他们的盟友”，并发表了致布什总统的一封信，警告说，布什将“无法限定战争舞台的大小、战争时间的长短和在战争中使用武器的种类”，并威胁说将使用携有化学武器的导弹袭击以色列。当天夜里，伊拉克向以色列发射了8枚“飞毛腿”地对地导弹。

1月18日，战争进入第二天，多国部队继续对伊拉克进行轰炸，并进行了小规模的空战，伊军一架幻影F-1战斗机中弹爆炸。伊拉克向沙特阿拉伯发射两枚“飞毛腿”导弹，其中一枚被美军的“爱国者”导弹击落。“爱国者”导弹是一种防空导弹，事实证明它能有效地对“飞毛腿”导弹进行拦截，这就使伊拉克的还击威力大大减小了。

此后数日，多国部队仍以空袭轰炸为主要手段，摧毁伊拉克的有生力量。

到1月22日止，美军在海湾战区的总兵力已超过47万人。

1月24日，两军除空战外，又开始用大炮互击，这标志着地面战争的开始。当天，美国海军占领了科威特的一个海岛，岛上伊军大部被俘。到这一天为止，多国部队空军已出动飞机1.5万架次。大规模轰炸极大地削弱了伊拉克军队进行地面战斗的能力。

1月28日，多国部队实际上已取得在伊拉克的制空权。伊拉克对空作战力量已显得十分软弱。当天夜里，伊拉克地面部队向沙特境内的多国部队发动袭击，双方均有伤亡。这种袭击一直持续下去，而沙特部队在美军的配合下进行了有力的反击。

同时，多国部队的空袭仍在进行。到2月8日，已出动飞机5万多架次，摧毁伊拉克600辆坦克和400门大炮，约300架伊拉克飞机失去了战斗力。伊拉克的战斗能力至少损失了20%。

战争使伊拉克的平民遭受了巨大苦难，无数人失去了家园。2月13日，多国部队空军投下的两枚导弹击中一座大型地下防空掩体，至少炸死500名妇女与儿童。

2月15日，萨达姆提出了有条件地从科威特撤军的政治解决方案。布什总统当即表示，无法接受伊拉克的“条件”，并要求萨达姆下台。结果，战事仍继续下去。伊拉克的反击力量越来越弱。

2月22日，伊拉克外长接受苏联的调停，表示伊拉克愿意无条件从科威特撤军。美国则要求伊拉克自23日中午起1周内全部撤出科威特，并规定了具体的撤军日程，否则多国部队将发起地面进攻。

战争注定要走到它的最后一幕。2月23日晚10时，布什总统在白宫宣布，多国部队的地面进攻已经开始。海湾战争进一步升级。

尽管萨达姆向全国人民发出呼吁，希望大家行动起来，同多国部队决一死战，伊拉克军队却无法抵抗美军的强劲攻势。战事基本上按照美军的预定计划进行着。2月26日，萨达姆不得不实行从科威特撤军。美国总统布什则声明，伊拉克军队只有放下武器，才能避免流血。

2月27日上午，科威特军队率先开进被伊拉克占领近7个月的科威特城，受到科威特人民的热烈欢迎。

就在这一天，伊拉克宣布接受联合国安理会关于海湾危机的全部决议。

侵略者终于承认彻底失败。

海湾战争由此暂时拉上了幕布。

战事余波

海湾战争改变了传统的作战模式，是目前人类战争史上现代化程度最高、使用新式武器最多、投入军费最多的一场战争，对“冷战”后国际新秩序的建立有着深刻的影响。

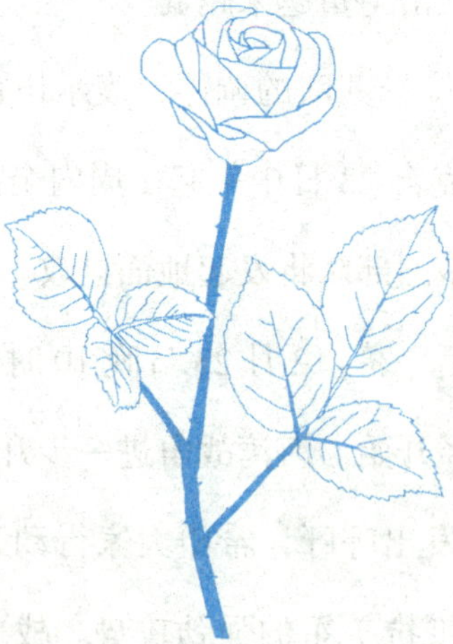